KILL THE MESSENGER

HOW THE CIA'S CRACK-COCAINE
CONTROVERSY DESTROYED
JOURNALIST GARY WEBB

Nick Schou
[美]尼克·休乌 著
王新玲 译

记者之死

中央情报局"涉毒"丑闻
与一位"普利策奖"得主的人生悲歌

此书献给克劳迪娅和埃里克，

感谢他们的关爱、支持和启发。

目录 | Contents

序　言（查尔斯·鲍登）	1
人物介绍	1
第一章　搬家的日子	1
第二章　枪支和女孩	16
第三章　罪恶之城	32
第四章　重大新闻	48
第五章　毒品报道	77
第六章　尝试错误	110
第七章　"快克"在美国	125
第八章　疯狂围堵	150
第九章　认　错	175
第十章　李斯特	196
第十一章　流　放	219
第十二章　谢　幕	236
后　记	253
作者致谢	268

序　言

　　我是在萨克拉门托的一间酒吧里见到他的，当时是1998年4月。他针对中央情报局（以下简称"中情局"）的系列报道已经问世两年了，而且还被《洛杉矶时报》《纽约时报》和《华盛顿邮报》正式驳斥过。他丢了工作，新闻界也没有人肯再雇用他。我记得他那天差不多是大摇大摆地走进了旅馆酒吧，记得他点的是美格波本威士忌，还记得我无意间提到阴谋论时，他立刻火冒三丈地说："我才不信什么见鬼的阴谋论，我说的是一个该死的真正的阴谋！"

　　我之所以去那里，是因为那年初冬，在纽约一家餐馆里，我对一位杂志主编说，唯一值得一写的故事是：加里·韦布身上到底发生了什么事情？我还说自己觉得他的系列报道是真实可信的，而这位主编随即附和："当然可信。"所以，接下来我花费数个月，采访了几个曾跟中情局合作过的前缉毒署特工，啃完了堆积如山的文件资料，更加坚信韦布那些遭抹黑的报道内容确有其事。犯错的，是那些摧毁了他的报社和记者们。

数年来,我在毒品的世界里笨手笨脚地摸索。任何人只要这么做,都会嗅出中情局的蛛丝马迹,这些东西从不会被完整记录下来,但似乎也永远不会消失。我认识一个达拉斯的缉毒特警,他在达拉斯/沃斯堡机场从一个来自迈阿密的导游身上查获了两千多万美元现金,但司法部却让他归还现金并放走那个人。我有一个朋友,在1986年亲眼见证了首架从哥伦比亚飞往墨西哥北部运送可卡因与大麻的直飞航班。那是一架没有座位的大型飞机,降落在了沙漠中的跑道上,驾驶员来自中情局位于佛罗里达的专属公司。我的朋友被送进了联邦监狱,驾驶员则继续将飞机开往目的地。一个缉毒署特工曾告诉我,他在20世纪80年代看到一架满载可卡因的飞机降落在美国空军基地。另一个缉毒署特工透露,墨西哥的大量罂粟园在尼加拉瓜内战期间操纵中美洲的毒品空运活动,而对于这些活动,缉毒署从未过问。

你可以不假思索地说这些事情根本子虚乌有,也可以深入调查后慢慢变得坚信不疑。我相信这些说法属实,并且认为这意味着中情局几十年来一直明知故犯地与毒贩交易,而且借国家安全之名为这类行为辩护正名。这与他们跟其他类型的犯罪集团之间的交易并无二致。加里·韦布就碰到了类似事件,他不屈不挠地追查了下去,并且写成报道,刊发了出来,因此,他被逐出了新闻界。

这就是跟我在萨克拉门托的酒吧里谈话的人,也是你将要在这本书中遇到的人。他是我知道的最棒的调查记者。但如果你未经我们的政府允许就刺探其秘密世界,他们才不管三七二十一。

遇到韦布时,我正埋头于一本讲述美墨边界毒品世界的书,那本书差不多消耗了我八年的光阴。那几年我搜集了大量有关中情局和毒品的素材,但这些资料我在书中基本没有提及。因为我不想变成第二个韦布,也不想我的书因为背上质疑国家安全部门的重罪,而被当成垃圾扔掉。

所以,实际情况是:我们如今活在一个记者害怕变成加里·韦布的国家里。愿主保佑我们。

初闻韦布自杀的消息,我整整两天闭门不出,与世隔绝,只是坐在院子里喝闷酒。我不知道是在为韦布喝,还是为我们这些人喝。

但我知道韦布触到了真相,而那是他能做的最糟的事情。

查尔斯·鲍登(Charles Bowden)
2006年

人物介绍

同谋者

达尼洛·布兰登（Danilo Blandon）

尼加拉瓜流亡者，可卡因毒贩，同时也是洛杉矶中南部外号"高速公路"的毒贩里基·罗斯的供应商；后来成为向政府揭发罗斯的告密者。

罗纳德·李斯特（Ronald Lister）

前拉古纳海滩（加州）警探，国际军火商，安全顾问，同时是与布兰登合作的毒贩；本人自称为中情局工作。

诺文·梅内塞斯（Norwin Meneses）

在20世纪70年代期间号称尼加拉瓜的"毒品之王"；大毒枭，也是布兰登的供应商。

"高速公路"里基·罗斯（"Freeway" Ricky Ross）

20世纪80年代洛杉矶中南区第一个变为百万富翁的"快克"（crack）①贩子。1996年被判终身监禁，因表现良好，2008年从隆

---

① 即快克可卡因（crack cocaine），是一种高纯度可卡因，人在吸食时会发出噼噼啪啪的爆裂声（crackling），因而得名"快克"。——译者注

波克联邦监狱获释。

当差与跑腿

阿道夫·卡莱罗(Adolfo Calero)

尼加拉瓜反政府军政治主任,为中情局秘密工作。有照片证实其在旧金山与梅内塞斯碰面。否认自己知道毒品交易。

罗伯托·德奥布伊松(Roberto D'Aubuisson)

萨尔瓦多准军事组织暗杀队的头目,李斯特的业务联系人。

恩里克·贝穆德斯(Enrique Bermudez)

尼加拉瓜反政府军指挥官,中情局亲信,在洪都拉斯筹资时跟布兰登和梅内塞斯碰面,据称曾告诉后两位"只问目的不问手段(结果就是一切)"。于1991年被不明身份的暗杀者在尼加拉瓜开枪打死。

提姆·拉弗朗斯(Tim Lafrance)

与中情局合作的圣迭戈军火商。曾与李斯特一起造访萨尔瓦多。

比尔·尼尔森(Bill Nelson)

福陆公司在奥兰治县的前安保负责人,中情局行动组的前副主管。在20世纪80年代是李斯特的商业联系人。1995年自然死亡。

伊登·帕斯托拉（Eden Pastora）

前桑地诺主义者，后来成为尼加拉瓜反政府军的指挥官。布兰登的同伙。

斯科特·威克利（Scott Weekly）

美国情报侦探，前雇佣兵。曾与李斯特同赴萨尔瓦多。

揭发人

杰克·布鲁姆（Jack Blum）

20世纪80年代参议员约翰·克里调查尼加拉瓜反政府军可卡因活动小组（克里调查委员会）的首席检控官。

玛莎·哈尼（Martha Honey）

前《纽约时报》驻哥斯达黎加的特约记者。因丈夫在一起炸弹爆炸事件中不幸受伤而起诉里根当局，最终败诉。

皮特·考恩布鲁（Peter Kornbluh）

乔治·华盛顿大学国家保密档案馆主任，自"伊朗门"事件以来，该档案馆已将大量政府文档解密。

鲍勃·帕瑞（Bob Parry）

前美联社和《新闻周刊》记者，率先撰文报道尼加拉瓜反政府军与可卡因交易有染。

迈克尔·鲁珀特（Michael Ruppert）

前洛杉矶警察。自称发现中情局和洛杉矶的毒品泛滥有关系。在洛杉矶中南区市民大会上当面对峙中情局局长约翰·多伊奇。

玛克辛·沃特斯 (Maxine Waters)
来自洛杉矶的国会女议员，在"黑暗联盟"系列报道发布后，就中情局涉嫌与毒贩串通共谋问题举行听证会。

《圣何塞信使报》(*San Jose Mercury News*) 同事

皮特·凯里 (Pete Carey)
在其他报纸开始批评"黑暗联盟" (Dark Alliance) 系列报道后，以资深记者身份被委派去调查该系列报道的内容。未发现证据证明中情局与贩毒集团有染。

杰里·塞波斯 (Jerry Ceppos)
执行主编，起初为韦布辩护，后来刊发公开信，奉劝读者远离"黑暗联盟"系列报道。

道恩·加西亚 (Dawn Garcia)
在"黑暗联盟"系列报道中跟韦布直接合作的国内版编辑。

戴维·亚诺德 (David Yarnold)
"黑暗联盟"系列报道初期担任督导工作的执行编辑；后因报社内部工作安排，中途停手。

评论者

大卫·科恩（David Corn）

《国家》杂志华盛顿记者站编辑。既批评"黑暗联盟"系列报道，又为之辩护。

提姆·戈尔登（Tim Golden）

前《迈阿密先驱报》驻中美洲特约记者，为《纽约时报》撰文批评"黑暗联盟"。

杰西·卡茨（Jesse Katz）

《洛杉矶时报》记者，在"黑暗联盟"系列报道问世两年前，曾称罗斯为快克可卡因交易圈子中的"犯罪大师"。

乔·麦迪逊（Joe Madison）

人称"黑鹰"的电台主持人。长达六个月不遗余力地连日报道"黑暗联盟"系列的方方面面，曾在中情局总部外被逮捕。

道尔·麦克马纳斯（Doyle McManus）

《洛杉矶时报》驻华盛顿首席记者。指导了该报对"黑暗联盟"系列报道的回应。

沃尔特·平卡斯（Walter Pincus）

为《华盛顿邮报》撰文批评"黑暗联盟"系列报道。在20世纪50年代曾为中情局暗中监视学生组织。

第一章
搬家的日子

太平洋强劲风暴带来的一阵冬雨不停歇地下了好几天,乌云飘向东去后,萨克拉门托河谷的上空终于放晴了。明亮的晨光之下,内华达山脉西部冰雪覆盖的山峰轻透粉红。往常像这样的日子,加里·韦布都会花上一天,骑着摩托车去山里转一转。

尽管那还是周五早上,但韦布并不需要请病假。实际上,他已经连续几周没有去工作了。前妻扣下他的工资,以支付三个孩子的抚养费,于是他便向过去四个月一直供职的那家媒体(萨克拉门托市一份面向小众的周报)请了长假,归期待定。他告诉上司,他在州府以东20英里的郊区卡米高有一处房产,不过他已无力偿还2 000美元的按揭贷款。

再也没有骑车出游的时间了。今天,也就是2004年12月10日,韦布打算搬到他母亲那边住。这并不是他的首选。起初,他问前女友,自己是否可以搬去跟她同住。

他们俩曾处过几个月,一年前房子租约到期的时候,还一直住在一起,正是租期届满之后韦布买了新房子。两人一直还是朋友,所以他这位前女友一开始表示同意,但最后一刻却又变卦了,说是不想给他留下两人依然会旧情复燃的错觉。

绝望无奈中,韦布向前妻苏求助,问她是否允许他在经济状况好转以前在她那儿借住一段时间。苏直言相拒:"我感觉那样会不舒服。"

"真的会?"

据苏回忆,前夫当时满是悲伤地拖长了语调。她随后还说:"我不知道我能不能接受,不过,你母亲会让你过去住的。再说你也别无选择了。"

不仅丢了房子,韦布还弄丢了自己的摩托车。在搬家的前一天,他骑着摩托车去母亲家。母亲就住在附近的一个退休社区。路上,摩托车出了故障。一个蓄着山羊胡,胳膊肘上纹着蜘蛛网的年轻人开车经过,看到了在路上推摩托车的韦布,便貌似好心地搭载了他一程。韦布找好小货车,打算回去取车,但当他回到那个地方,却失望地发现车不见了。

那天晚上,韦布在母亲家待了好几个小时。在母亲的催促下，他才打出了一份偷车嫌犯的描述。不过，韦布认为向警察报案没什么意义。他觉得他可能再也见不到他的摩托车了。他情绪低落了几个月，但丢车这件事却把他推到了崩溃的边缘。他告诉母亲，他不知道自己还能做什么来赚钱，好去支付孩子的抚养费、付房租或是买新房。

尽管他有一份能领到薪水的记者工作，但他知道，只有在大型主流报纸供职，他才能走出债务危机。在向全国五十多份日报发去简历之后，他没有收到任何面试通知。他目前的工资不够花销，人都49岁了还和母亲一起住，这种窘境让他觉得颜面扫地。"我这辈子还会做什么？"他问，"我想做的就是写写东西"。

晚上八点，韦布离开了母亲家。母亲在家给他做了培根鸡蛋当晚餐，他没吃，说是必须赶回家，还有些要紧事。母亲吻别时告诉他，第二天再过来时脸上要带着笑容。"情况会好起来的"，她说，"你在我这里不需要花什么钱。你会重整旗鼓的"。

第二天早上，安妮塔·韦布打电话给儿子，提醒他为丢车一事报案。韦布的电话响了一遍又一遍。想到搬家工人应该早到了，所以她并没有留言。他们确实早就到了。他们可能也听到了房间里的电话铃声。他们到达韦布的房子时,看到一张夹在门缝里的纸条,上面写着:"请勿入内。打911叫救护车来,谢谢。"

过了一个多小时都没见儿子接电话,安妮塔坐不住了。最终,她在答录机里留言:"加里,别忘了向警察报案。"没等她说完,答录机便发出哗的一声,一个陌生的声音传来:"您是要找住在这里的人吗?"

萨克拉门托县验尸所一贯的规定是不允许在命案现场接电话,不过,显然是听到电话中有人说"报案",验尸官也破例拿起了电话听筒。就在那天早晨某个时刻,加里·韦布自杀了。

验尸官来到现场时,发现韦布躺在床上的血泊中,手里仍然握着他父亲那把点三八口径的手枪。床头柜上放着他的社保卡,显然是为了让他的身份更好识别,还有一张火化证和一封自杀遗书(关于遗书的内容,他的家人从未吐露过)。房间里满是打好包的箱子,只有他的唱盘、DVD播放器和电视还没打包。

在向自己头部开枪之前的几个小时里,韦布听了他最喜欢的专辑——《伊恩·亨特现场集》(*Ian Hunter Live*);还看了他最喜欢的电影——塞尔吉奥·莱昂内执导的意大利风格经典西部片《黄金三镖客》。垃圾桶里还发现了一张剪报,是韦布在《肯塔基邮报》开始自己记者生涯的第一份工作时留下的。剪报的内容是他遇到的第一个编辑万斯·特林布写给读者的一封公开信。数十年前,韦布把它从那期报纸上剪了下来。尽管他一直欣赏这段文字的教诲,但在生命的最后时刻读到这段文字,却令他难以承受。剪报上,特林布直言,与其他报纸不同的是,《肯塔基邮报》将永远不会因为强势利益集团的压力,而毙掉一个新闻故事。"我们的记者不会受到束缚,也不必掩盖事实,他们要为读者指引道路,让人们形成自己的见解。"公开信如是宣称。

那天早晨,苏·韦布手机响的时候,她还在福尔松街的家里,离卡米高几分钟的路程,正准备出门送14岁的女儿克莉丝汀去学校。因为她在斯托克顿市的一个商务会议快要迟到了,所以她没接电话。但是,当她发现电话是前夫的弟弟库尔特打来的,她开始担心起来。"当时我站在浴室,看到那个号码时,我知道肯定发生了什么。"她事后回忆,"我不断地告诉自己,'不,这不会发生的,这不会发生的。'我不敢去接那个电话"。

那一刻,她思绪万千。两天前,韦布带着女儿去看预约的医生,在医生那里有一册"苏斯博士系列"中的《绿鸡蛋和火腿》,早些年韦布特别喜欢读这套故事给女儿听。他开玩笑地问女儿是否还想让他大声读给她听。那天晚些时候韦布把女儿送回家,克莉丝汀说爸爸很意外地送她到门口,告别时吻了吻她。"他告诉女儿要好好对妈妈",苏说,"他还给女儿几小瓶香水,对她说'我爱你'。女儿问他想不想进屋,他拒绝了"。

苏载着女儿过了几个路口,到了她家所在的这片中产居民小区的入口,小区位于城郊郁郁葱葱的山坡上。她回忆当时的情景:"电话一直在响,我再也受不了了。是安妮塔打来的,电话那头她一直在哭。我问,'是不是他走了?',她说是。之后,我把车停在路边,失声痛哭。我告诉女儿,'克莉丝汀,你爸爸死了'。我们从车里出来,坐到草地上,泪流不止。我甚至都不知道那天我们在那里坐了多久。"

一位开车路过的女士停下车子,问苏遇到了什么事。苏是一家医疗公司的销售代理,她把公司电话给了那位女士,请那位女士帮忙打电话给公司,说她那天不能去上班了。然后,她打电话给两个儿子,20岁的伊恩和16岁的埃里克,两人那天都已经去学校了。她告诉他们到安妮塔家去找她和克莉丝汀。苏说:"我在电话里告诉他们发生了什么事,因为,我不说他们就不会挂电话。"

苏赶到安妮塔家的时候,伊恩就坐在屋前的草坪上,脸上挂满了泪水。"警察早就走了",苏说,"我告诉伊恩,别到那个房间里去"。房子外面隔着一个路口,有一条长凳,在那里能看到一片鸭群游弋的池子。那幕场景宁静得似乎超脱了现实,有如梦境,仿佛时间被定格了。"我依然能记住那种迷失的感觉。这像是世界上最诡异的事情。多年前我搬到加州,跟加里在一起,那时远离父母我都没觉得孤单,但此刻我忽然却感到一阵孤独。我几乎是立刻猜到他是自杀的。"

那天下午,苏在验尸官处见到库尔特。"他们把我们带到一个房间,然后验尸官进来告诉我们,加里是开枪自杀的,还说他当时用的是什么枪",她回忆,"那是他父亲的枪。他父亲在辛辛那提的一家医院当保安的时候,某位病人把枪遗落在了那里,再也没回来取走,他父亲就收了起来。加里总爱把枪放在床下面,而考虑到家里还有孩子(不安全),我为此很生气,后来他就把枪塞进橱柜里了"。

库尔特问验尸官本人是否确定这是一场自杀。"我确信无疑。"验尸官答道。他还说,某些场合,开枪自杀的人在手指扣动扳机时会出现挤压的瘀伤。显然,那一刻求生的意志如此强大,自杀者往往长时间地紧握住枪支,以至于他们手部的血液循环都不通畅了。"当时加里的手指处就有瘀伤。"苏回忆。

几天后,苏收到了四封信,是韦布在死前寄的,收件人分别是她和三个孩子。他给母亲安妮塔单独寄了一封信,给弟弟库尔特寄了他的临终遗嘱。他告诉孩子们,他爱他们;他告诉伊恩将来某一天会找到一位幸运的女士,并带给她幸福;他还告诉埃里克不要因为他的死而对新闻工作望而却步。他在遗嘱中对他的资产,包括他那套刚脱手的房子,在妻子和孩子间做了分配。他唯一的额外要求,就是希望将他的骨灰撒到大海中,以此能让自己"永远在大海中冲浪"。

尽管的确是加里·韦布自己扣动了扳机,但在心情沉重地了解了这位美国当代新闻史上最有争议、被误解最深的记者的故事之后,不难发现,那颗结束他生命的子弹,不过是心灰意懒的选择而已。尽管大学辍学,他履历上却有二十多年的新闻报道经验,还获得过普利策奖。1996年8月,他写出了职业生涯中最重大的新闻故事——"黑暗联盟"。这是他发表在《圣何塞信使报》上由三部分组成的系列报道,内容直指中情局与席卷全美的快克可卡因大爆炸之间的联系。

韦布花了一年多时间揭露中情局与尼加拉瓜反政府军在毒品走私中见不得光的关系,后者是20世纪80年代致力于推翻左翼桑地诺政府的右翼反政府军。信奉马克思主义的起义者于1979年掌权,推翻了美国支持的索摩查家族长达数十年的独裁统治,成立桑地诺政府。美国总统里根将尼加拉瓜反政府军称为"自由战士",甚至拿他们跟当年美国的开国元勋相比。就在里根总统如此公开发言的时候,中情局已心知肚明尼加拉瓜反政府军的众多支持者都在毒品走私中扮演重要角色,并用走私所得资助军队,或者,如事后揭露并证实的那样,更多的是中饱私囊。

很多记者都写过关于中情局和尼加拉瓜反政府军之间毒品走私勾当的文章,但一直没人发现这些毒品落地美国后究竟去了哪儿。"黑暗联盟"系列报道通过对加州一伙尼加拉瓜反政府军支持者的调查入手,解开了谜团,给出了令人瞠目的答案;文中的反政府军支持者包括达尼洛·布兰登、诺文·梅内塞斯,以及绰号"高速公路"的里基·罗斯,此人是洛杉矶中南区"快克"交易史上臭名昭著的头号贩子。

"黑暗联盟"系列报道在另一种角度上也开创了先河——它是第一则同时发布在纸媒和网络上的重大新闻报道。尽管一开始被主流媒体所忽视,报道却在网络空间和电台脱口秀节目上如野火般传播开来。它还引起了为此义愤填膺的美国黑人举国抗议,因为这些人长期以来一直怀疑正是政府放任毒品进入他们的社区。他们之所以愤怒,不仅因为"黑暗联盟"直陈尼加拉瓜反政府军常年为一名主要的"快克"贩子提供可卡因,或是从毒品买卖中谋取的暴利被用来资助这支中情局在中美洲扶持的武装势力,更重要的是,文章还强烈暗示,前述活动跟20世纪80年代在全美泛滥成灾的快克可卡因大爆炸有着至关重要的联系。

该报道堪称一条爆炸性的指控,尽管如果仔细读文章,会发现韦布实际上从未真正指控中情局是有意引发快克可卡因的泛滥。事实上,韦布本身也从不相信中情局一直密谋引诱所有人吸毒。他更倾向于相信中情局是早已知道尼加拉瓜反政府军走私毒品的勾当,却放任不管。他是正确的,而围绕"黑暗联盟"系列报道——一度被认为是

20世纪90年代最大的媒体丑闻——所产生的争议,最终迫使中情局承认多年来在是否知道与何时知道反政府军走私毒品的事件上撒了谎。

但这一天到来的时候,韦布的记者生涯已经结束了。就在他的文章发出两个月后,美国最具影响力的报纸不断刊文,猛烈反驳"黑暗联盟"系列报道。韦布逐渐变成这些攻击的焦点,主流媒体开始深挖他二十年的从业生涯,试图找出他怀有偏见的证据来支撑他们对其可信度的抨击。此后不到一年,《圣何塞信使报》对该系列报道进行了冷处理,并强行将韦布外调到一个地位无足轻重的记者站。韦布辞职了,而且再也没有供职于任何大报。

即便在韦布死后,对他的攻击也没有停止。《洛杉矶时报》发布的讣告在多份美国报纸中流转,讣文用"中情局相关'失信'报道的作者"这一称谓,来概括韦布的一生。该报随后又发布了长篇新闻特稿,披露韦布十几年来,甚至在他采写"黑暗联盟"之前,一直受扰于抑郁症的多项临床症状。在这篇题为《病痛中的写作》的人物特稿中,韦布被描绘成一个焦虑不安、燥狂抑郁、屡次对妻子不忠且又莽撞粗心的记者。

用这样的说辞来描写复杂深沉的韦布,简直是个拙劣而极为讽刺的误导。从韦布的朋友、家人和同事口中,可以了解到韦布是一位具有理想主义、充满激情且又一丝不苟的记者,绝非莽撞之徒。在"黑暗联盟"这一让他名声大噪继而污名缠身的系列报道出现之前认识韦布的人,都说他在被逐出新闻界之前是开心的。他的诸多同事,除了《圣何塞信使报》某些记者和编辑觉得他为人自大且好出风头,其余人几乎都喜爱、尊重甚至敬仰他。

正如在这本书中将会读得的,针对"黑暗联盟"系列报道的争议是韦布一生的核心事件,也是其生命末期消沉和最终自杀的关键性因素。他采写的这一重大新闻,尽管存在因受他的编辑们唆使甚至鼓励而出现的夸张性描述等重大失误,仍然堪称美国当代调查性报道中最重要的新闻作品之一。他所揭露的中情局、尼加拉瓜反政府军和洛杉矶的"快克"交易三者之间的联系,确属事实,而且知道这个事实的人下场都颇为惨淡。韦布并不是第一位因为让这个国家最隐秘的政府机构见报而丢掉工作的美国记者,试图认真解开前述三者关系之谜的任何一位记者或是政治家,都不得不在余生中悔恨度日。

参议员约翰·克里在通过国会听证会调查此事的时候,曾被里根政府阻挠,而媒体对他要么冷嘲热讽,要么选择忽视;以美联社的鲍勃·帕瑞为代表的多位记者,在被他们的编辑再三拒绝发稿之后,唯有黯然退席;一些坚守在中美洲新闻"前线"工作的记者,甚至多次遭受过警察的骚扰和死亡威胁。而韦布则是这些记者中在最大范围内受到最恶意中伤的一位,也是最终因其报道而走上不归路的倒霉蛋。

美国近代的新闻史充满了媒体丑闻,从《新共和》杂志的"说谎者"斯蒂芬·格拉斯编造的一系列假文章、《纽约时报》杰森·布莱尔的虚假新闻,到同样为《纽约时报》撰稿的朱迪斯·米勒关于萨达姆·侯赛因子虚乌有的大规模杀伤性武器的报道(朱迪斯的报道为美国入侵伊拉克铺平了道路,但却是偏离事实、完全失信的新闻)。尽管韦布固执地拒绝承认自己的错误,但也不应该将其归入此类记者之列。让他的命运真正显得不同的是,在面临来自美国主流报纸史无前例的大肆抨击时,他所供职的报纸抛弃了他,这种情况从无先例,之后也不曾出现过。

"黑暗联盟"引发的争议迫使韦布离开新闻业并最终付出了生命的代价。但是,除了韦布,还没有其他任何人因这份报道而丧命——这些人当然包括中情局官员,甚至也包括与韦布合作的编辑们,他们一度开心地发布韦布的作品，随后又在猛烈的媒体攻击下背弃了他，以保住饭碗，或是换来升迁。加里·韦布的悲剧性命运，以及美国最具影响力的几家纸媒在终结其职业生涯的过程中所起的作用，给这个时代的美国新闻业提出了一个重要的警示：今时今日，大众将有"第四权"之称的媒体视为衰落中的产业，认为其充当着美国政府的软弱喉舌，且偏好追逐耸人听闻、迎合读者的小报式的情色丑闻。

韦布在二十多年的职业生涯中，揭露过各个级别、不同政治谱系中代表各种意识形态的政府官员的腐败。实际上，正是这种在面对强势机构和政府官员时的无畏精神，演变成了令他致命的品质，而这种品质所体现的新闻伦理规范，恰恰应该在任何一个健康民主的社会中受到赞许和歌颂。2002 年，在《圆锯之内》(Into the Buzzsaw) 一书中，韦布回顾了其光环褪去后跌落谷底的人生；此书是一本因争议性报道而最终远离新闻事业的记者们以第一人称讲述个人故事的汇编。他写在书中的文字，在今天，比以往任何时候都尤为值得铭记。

"如果我们五年前见面的话，你可能不会遇到一个比我对新闻业更坚定的捍卫者"，韦布总结，"在我的一些报道发出之后，我意识到我之前对新闻业的乐观竟错到令人悲哀的地步。我之所以长久以来一直能享受安逸稳定的生活,在我看来,并不是因为我本人细心勤奋、工作得法……事实上,是因为这些年我从未写过任何重要到足以被压制的新闻"。

第二章
枪支和女孩

韦布出生于 1955 年 8 月 31 日,正是美国战后经济繁荣的"黄金时期"。他父亲威廉·韦布是一名海军陆战队中士,这一职业性质使得这个家庭经常搬家,但他很喜欢这种长在军人家庭到处游历的冒险生活。威廉·韦布在朝鲜战争时是一名海军潜水员,在越过三八线后的一次军事行动中,他游向潜水艇时因水雷爆炸而与死神擦肩。伤愈后,他又回到韩国,在空军部队服役。战争结束几个月后,他在旧金山的一家餐馆里遇到了他未来的妻子安妮塔。安妮塔是意大利裔美国人,那时一直跟着在海岸警卫队服役的哥哥生活,先是在布鲁克林,然后又来到加州。

因为那时海军陆战队在夏威夷没有合适的医院,安妮塔·韦布只能选择单独在加州科罗纳的一家军事医院生她的第一个儿子。两个月后,韦布的父亲被调到加州奥兰治县艾尔托洛的海军陆战队航空站工作时,全家人又重新团聚了。他们在加州的洛斯阿拉米托斯附近一直住到

1957年,也就是次子库尔特出生后不久,威廉·韦布又开始多次调动,先是佛罗里达,接着是北卡罗来纳,最后调到加州的亨廷顿海滩。一年后,威廉接到命令,转到夏威夷隶属海军陆战队的无线电营。

"加里跟普通小孩不一样",安妮塔说,"他那时非常严肃,一双大眼睛,一直看呀看,但却不说话。奇怪的是,一旦他开始说话,就停不下来了"。两岁时,他告诉母亲说头疼。"噢,加里",安妮塔说,"你有疑病症"。在母亲解释了什么是"疑病症"之后,这个词就成了韦布最喜欢的词。他到处逢人就说自己有疑病症。

安妮塔深信在夏威夷的那段时光是加里一生中最快乐的几年。她说:"我们在卡内奥赫的小山上有一处漂亮的房子,孩子们也开始和当地的夏威夷孩子玩到一起,这对他们有好处。比尔*和我都喜欢大海。我们总是在海滩附近转悠。作为父亲,比尔身上那种海军陆战队的大兵形象也没了踪影。他总是和孩子们玩成一片,教他们如何游泳和人体冲浪。"

库尔特·韦布现在是律师,为圣何塞市几家国防承包

---

* 比尔(Bill)是威廉(William)的昵称。——译者注

商工作。他回忆,跟哥哥加里最喜欢的消遣之一,就是捡贝壳——不光是在海滩上,而是扩展到了海军陆战队的整个营区范围。"我们当时有很多自由时间,会一直在外面东奔西跑,直到傍晚。我们在海滩上玩耍,动手建树屋,还玩射水母(僧帽水母)和斗蜗牛。"

"加里是一个心思非常敏感细腻的人",安妮塔说,"记得我们还住在夏威夷时,哥哥来我家的那次,他带着孩子们去海滩;他们沿着大海散步,哥哥给孩子们讲故事,有住在海洋中的人的故事,还有各种神话故事。然后他又拿起一个蓝色塑料士兵袖珍模型,给他们讲这个士兵是如何征服所有这些岛屿的。唉,多年后的一天,我清理加里高中时用的抽屉时,发现那个塑料小兵还在。加里总是对这些东西特别感性"。

韦布在上小学时就对钻研复杂文档表现出早期的天赋,这种早慧后来演变成一种对探索的激情——这恰是一个真正的调查记者最典型的必备品质。"有一次,他去军中福利社买了一本关于股票市场的书",安妮塔回忆。自那之后,韦布每天早上都会阅读报纸的商业版,他还做了一个数据表来跟踪股票价格。有一天,他告诉父母,他想买施乐公司的股票。"他父亲和我对股票完全一无所知",

安妮塔说,"我们没有那么多钱。他父亲告诉他,'你不能买,进入证券市场要花不少钱。'在这件事上加里一直对他父亲耿耿于怀,因为他说如果当时买了那支股票,会赚到很多钱。他就是这样一个令人匪夷所思的年轻人"。

韦布上七年级的时候,全家离开了夏威夷。那时他父亲已经在部队待了二十年,即将退休。"我们商量下一步的打算,最初我们想搬到加州去",安妮塔说,"但是我母亲说,'别搬到加州,那里有很多人吸毒,吸毒的人会做出各种可怕的事情。'于是,旧金山的海特—黑什伯里区这个选项就被排除了,那是60年代,那个地方确实如此。我们最后决定去印第安纳波利斯,那是个能让孩子健康成长的好地方"。

韦布一家搬到了印第安纳州的劳伦斯县,远离城市。安妮塔回忆起那个地方:"那儿的小女孩有小女孩的样子,有规矩不轻浮。"他们找到一处好的学区房,中介告诉他们,这个学区的孩子拿到的奖学金比市里其他任何学区都要多。"这个决定是正确的,两个孩子在那里接受了优质的教育。"安妮塔说。

威廉·韦布在印第安纳波利斯一所医院找到了一份保安的工作。从褪色的家庭合影能看到这样一个典型的核心家庭：比尔，作为一家之主，腰板直挺，带着军人气节；安妮塔，穿着格子衬衫，幸福满满的家庭主妇；加里和库尔特懒散地穿着条纹 T 恤，带着太阳镜，很淘气的样子。尽管住的地方离大海有上千英里远，他们假期还是会去水上，要么是在印第安纳河上的住宿船，要么是在北卡罗来纳外滩群岛的海滨小屋。而最重要的是，在他们一家共享晚餐的家庭时间里，政治问题是可以自由谈论的。

尽管安妮塔是坚定的共和党人士，而比尔站在民主党一边，但直到 20 世纪 60 年代晚期，他们都一致坚定地反对越南战争。"我们一直听新闻，还在晚餐的餐桌上讨论政治"，安妮塔说，"一开始我丈夫相信艾森豪威尔的多米诺理论，但随着时间推移，他改变了想法。尽管我是个共和党人，但我仍然反对这个理论。加里倒是不关心宏观的政治话题。越战期间，他经常坐在一边读报纸。那时他上六年级，一直关注着战争中的伤亡报道，暗自计算越南的死亡人数。直到有一天，他说，'哎，我们美国已经杀光了整个越南'"。

在劳伦斯中央高中上学时，加里和弟弟逐渐生疏起来。"每次我们搬家，我俩都会一起出门探索"，库尔特说，"在初中前，我们总是有相同的朋友，在家附近一起做事。

但上了高中之后,我们就分开了,各自交友。我们有了那种兄弟间的争执,因为我俩天生都有好胜心。有时他偶尔还会打我,因为他年纪大嘛,但我也会再打回去。加里有时特别执拗,总是想让事情按他的方式发展。以前他还常常特别投入地阅读,然后把读到的内容全都记到脑子里去。他能做到一读完就把书里面的精华全部学走"。

韦布的终生挚友格瑞格·沃尔夫最早是在贝尔泽初中遇到韦布的。他说:"韦布就是个愣小子,上高中时和其他人一样爱玩。那时没有橄榄球或者芭蕾剧或者其他类似的东西,我们只是骑着车到处逛。我和他经常去印第安纳州的麦迪逊,那是印第安纳河畔的一个小镇,我有个姑姑住那里。我们就跑去玩射击和露营。有一天,我们去河边,发现码头有很多住宿船,因为是冬天,船全是空的。韦布跳下码头,走到一艘船边上,开始往里窥视。他不是想偷什么东西,只是他脑海里从来没有过财产权的概念。韦布什么东西都没怕过。"

据韦布另一个高中认识的朋友迈克·克罗斯比回忆,尽管他后期被认为是左翼记者,但韦布一直喜欢玩射击。"当时,我们几个人在杰斐逊县那片没被耕种的土地上露营,一起玩射击",克罗斯比说,"步枪、手枪,当时人们有的各种枪我们都试过。加里经常会说,'我跟那些反对枪支的人不是一伙的。我是绿色和平组织先锋会员。我们用枪对付狩猎者'"。

加里作为一名记者所具有的无畏精神,早在他的第一份记者作品中就展现无遗,也正是当时那篇报道,让他深信找到了自己内心真正的感召。当时是1970年,理查德·尼克松执政期间,民众的反越战情绪愈发高涨,但韦布并没有参加街上的游行抗议。从汽车、自行车到枪支、女孩,全都是韦布的兴趣所在,因此,他的第一篇报道涵盖了枪支和女孩便不足为奇。1999年在俄勒冈的尤金市所做的一次演讲中,韦布回忆了当年初涉新闻生涯时为校报写的一篇关于中学里军事型啦啦队的稿子。

"那时我15岁",他说,"他们觉得让女孩们穿上女装,然后在中场休息时让她们转转枪、摇摇旗是件很酷的事情。但我觉得太离谱了,然后就写了一篇社论,抱怨这是我见过的最愚蠢的事情之一。第二天,校报的指导老师找到我,"'天哪,你写的那篇社论反响不小哇'。我说,'太好了,那说明我的观点很道理,对吧?'然后她说,'嗯,情况不妙,他们想让你道歉'"。

据韦布讲,他拒绝道歉。"他们说,'你干嘛不出来,这些啦啦队员想和你谈谈,告诉你她们是怎么想的',我说可以啊,然后我就来到校报办公室,当时围着桌子大概坐了有十五个人,她们一个接一个地告诉我,我有多么混蛋,多么让人讨厌,以及我如何破坏了她们的约会,毁掉了她们的好心情,诸如此类……就在那一刻,我暗自决定,'韦布,这正是你一生都想去做的事情'。"

沃尔夫强调:"我觉得在这件事上,你不能附加任何的政治色彩。"另一方面,韦布对成为一名记者的想法并非一时心血来潮。沃尔夫说:"他那时一直为《劳伦斯日报》投递报纸,我猜他最终也努力争取到了写稿的机会。"他还说,韦布在啦啦队风波这件事情的处理上也只是敷衍应付而已。"他从来都不是一个委曲求全的和平主义者;他有一个海军父亲,我俩经常玩射击。这又不是伯肯凉鞋或者沃尔沃汽车那样的企业出了质量问题,需要抚慰消费者。我从没想到此事会成为加里写作生涯的开创性事件,不过这确实有几分加里的典型做派。加里任何事情都不怕,这在某种程度上也成了他的性格缺陷。"

库尔特·韦布说他哥哥觉得整个事情都很滑稽。"我不觉得他真的在道歉",库尔特说,"当时韦布只是说'抱歉冒犯到您。'他觉得那都是她们的事,觉得她们不喜欢他那么写,既然如此,她们也可以去写他嘛。加里对这种问题从来都不当回事,他不理解人们为何会因这样的区区小事而大费周章"。

"那是篇好文章,我觉得写得很有意思。"安妮塔·韦布回忆。但啦啦队员们的家长要求韦布道歉,她就找到了老师。"我告诉她,如果有人必须道歉,那也该是她,因为正是她把这篇文章交给了校报",安妮塔说,"加里放学回家后,跟我说他站在班里道歉了。他只是觉得这是一种聪明的做法,毕竟每个人都在不遗余力地挤兑他"。

韦布高中毕业后,拿到了胡希尔奖学金,他选择印第安纳大学-普度大学印第安纳波利斯分校(简称 IUPI)。"那时到 IUPI 上学的都是穷孩子。"雷克斯·达文波特说。他是韦布的一个大学朋友,如今在总部位于华盛顿的"美国培训与发展协会"担任杂志主编。在 IUPI 就读时,他是校报《萨加摩尔报》的编辑,韦布在上面发表了不少音乐评论。

"他从大一就开始为我工作了",达文波特说,"当时我们都是各做各的,不会有太多的监管审查。我们硬新闻写得不多,基本上全是评论和批判。当然我从未教过他什么,不过加里是一个好的评论员。那时我们弄到了很多免费的黑胶唱片,所以经常会有人在校报编辑部附近出现,试图索要这些免费唱片"。

据达文波特回忆,韦布写的乐评大多关于他最喜欢的乐队——马特虎伯(Mott the Hoople),以及洛克西音乐(Roxy Music)。但是,还跟高中时期一样,他仍然会写一些关于校园事件的尖刻的讽刺文章。一位信奉自由主义的历史学教授主办了一次反战电影系列放映活动,韦布帮着写了几篇相关的影评,每一篇都是自我嘲弄式的和平主义者的陈词滥调。

"我们感到恼火是因为那次活动花了一笔钱,只发出了一个声音,本质上只顾着宣传反战口号",达文波特说,"倒不是说我们认为不必宣传反战,只是觉得那样过于一边倒。教授将该系列活动冠名'和平的呐喊',我们就借机狠狠地嘲弄了一番,连着几次把校报的头条标题取名《和平的呐喊》《更多和平的呐喊》《仍是和平的呐喊》。加里也参与其中。想到他从小长在军人家庭,事情还挺有趣的"。

因为《萨加摩尔报》这份校报并没有编辑负责审稿,所以校园记者们就需要相互审查稿件。"有个家伙写了篇影评,然后说服我发了稿;之后我挨训了,因为那篇稿子是从

《花花公子》上抄来的",达文波特说,"第二天,加里找到那个作假的孩子,拽他进到一家餐馆,威胁要打他,当然并没有打。他解释说,这样做是因为不想让我们的名声被如此毁掉。一直以来,他骨子里就有一种诚信的品质,不只是那个时候。如果对方不诚信、不坦率,他便不会对其有一丝好感"。

1975年夏天,韦布在《印第安纳波利斯城市之光》杂志谋得一份工作。这是一份新办的周刊,韦布在IUPI的老相识达文波特任执行主编。达文波特说:"当时我们主要关注艺术和娱乐,那个夏天,加里给我们采访了很多大人物,有比利·乔,好像还有保罗·麦卡特尼。"大卫·莱特曼那个时候是当地有名的天气预报员,他也为杂志写了篇稿子。达文波特记不起他写的是什么了,反正写得不太好。"整篇文章没什么观点,实际上就是一纸废话。"达文波特说。

韦布大部分闲暇时间都和朋友格瑞格·沃尔夫一起消遣。沃尔夫经常借韦布的改装跑车,那是韦布父子在当地旧货市场淘来的一辆蓝色名爵敞篷车。父子俩一起改装了引擎,重新刷了漆。老比尔还给仪表板做了一块个性化的黄铜饰板,上面写着"此车专为加里·韦布设计"。

沃尔夫在高中时比韦布小一级。通过一位女性朋友介绍,他遇到了苏·贝尔,一位有着浅黑肤色的漂亮女孩。沃尔夫回忆:"我约贝尔出去,这算不上什么大事,我们当时只是朋友,不过加里对她挺有好感。"就在第一次跟贝尔约会的时候,沃尔夫借了韦布的车。

苏回忆起她第一眼看到车上那块黄铜饰板的反应,不禁笑了起来。她说:"我那时16岁,心想'哇,这个人肯定很富有。'格瑞格征得我同意后,带着我去了他家。加里恰好也在他家,正看着电视。加里当时经常混迹在格瑞格家,看《哥斯拉》系列电影什么的,说笑一番,自寻乐子。他那天就一直坐在原处,虽然和我说了几句话,但能看出来他特别害羞。不过,两周后,他找我出去,我们便开始了约会。又过了两周,他告诉我,他要搬到肯塔基去了。"

老比尔在辛辛那提找到一份新工作。加里和库尔特放弃了他们的奖学金,转到北肯塔基大学上学。接下来的四年,韦布计划在那里攻读新闻专业,还打算为校报《北方人》写稿,以及抽空回印第安纳波利斯去看望苏。"我当时以为我们可能再也不会相见了,但因缘巧合,最后走到了一起。"苏说。

安妮塔·韦布说她第一次看到两人在一起,就明白儿子肯定会娶苏。她说："他们在餐厅里，就坐在大窗户边。苏很甜美，又很和善，那时才16岁。韦布爱上她了，两人成天待在一起。后来因为要搬去肯塔基，我想他俩应该希望不大了。没想到他们还一直保持通信。有意思的是，苏会经常给他写信，而他每次都会拿红笔把人家信里的内容一一纠正。我当时就对他说，'加里，不能这么做。'苏竟然能忍受他这一点，这倒是让我出乎意料。换成是我，肯定就和这家伙分手了。话说回来，那也正是他有趣的一面。事情挺奇怪的。"

三十多年后，苏仍然留着这些信，其中一封写于1974年7月11日。"由于我的英明指导，你的错误日渐稀少了。"韦布在信里写道："这里的'很抱歉我未能早点写信给你'这句应该用一般过去时，而不是现在完成时。你信中句子的时态不一致。"在指出了另外几处语法错误后，韦布还写道："'Alex finally took Pam out from the bank'这句话讲不通。（顺便说一下，'sense 不要写成'since'）到底他是把她从银行中带出去，还是邀她约会？（我知道你要表达的意思，但从语法角度来讲是不对的。）"

韦布还在信里更正："a lot"不是一个词；"to often"应该写成"too often"；"No, you better not"应该写为"No, you' d better not"。他还说："你别误会,我很高兴收到你的来信,一天一封我都愿意。好了,更正到此结束。现在开始品读正文!"

据苏讲,信里这些更正,虽然有些烦人,但确实体现出韦布当时一直在挂念她。在又一次给苏写信的中途,他才意识到他恋爱了。"唉,太郁闷了",他写道,"这一次,我竟然想不出对你说什么。这是第一次我找不到语言来表达自己。语言是由人类创造来描述发生的事情的,但却描述不了内心的感觉,描述不了人的情绪……尤其是我现在内心最深处的感觉。当然,这种感觉也不该由语言来描述。对你的款款深情,已细腻到给它披上语言的粗俗外衣后反而减损了韵味。一次轻触,一个眼神,一个符号,彼此便心有灵犀"。

韦布18岁时,父母分居了,两年后,两人离婚。这段经历对他的伤害很大,他甚至不愿跟任何人谈起。"加里很重感情,又总是把自己的情绪紧紧封闭起来",安妮塔说,"很多时候,即使感到失望,他也不会去告诉别人"。

库尔特说他哥哥从未真正地从父母离婚的阴影中走出来。"加里是那种心思特别敏感的家庭型男人。他对我们父母离婚心存怨气。他想要的是一个完美的世界,在那个世界中没有人堕落贪腐,人人都重视家庭。"

安妮塔并未透露跟丈夫分手的原因。她说:"那段时间压力很大,有很多让人恼火的事情。我记不住了。当时总在争吵,他说他要离开,我说没问题,我没意见。"但她也坦言,儿子一直未能原谅父亲离婚。"他父亲离开这个家庭的时候,加里受到很大的影响。至于为何跟他们的父亲过不下去,我当时从未在孩子们面前吐露详情。毕竟,比尔是一个好父亲。他可能对我来说不是一个好丈夫,但确实是孩子们最好的父亲。"

父母离婚后,韦布一度搬回印第安纳波利斯,到苏的家里和她父母一起住。因为早已跟苏的父母谈过他与苏结婚的事,"我父母有五间卧室,于是告诉他可以住进来",苏回忆,"他搬来住了大概一年,最后我父亲也开始对此稍有微词了"。

苏说韦布告诉过她,是他父亲对婚姻不忠。她说:"他18岁的时候质问过他父亲。是他父亲出了轨,加里一直对此耿耿于怀。他问父亲怎么能做这样的事情。他父亲说,'加里,你要是再等上个十年、十五年,设想你早已娶了苏,然后你离家在外,这时有个漂亮的女人在酒吧里接近你,你会怎么做?'那就是他从他父亲口中得到的答案。是不是很精彩?"

因为羞于从北肯塔基大学这样的平庸大学毕业,韦布干脆退了学,开始找工作。从辛辛那提市越过一条河就是肯塔基州的卡温顿。韦布听在那儿的一个朋友说,《肯塔基邮报》有个脾气古怪暴躁的编辑万斯·特林布正在招人,而且,据说他更偏好招那些给他留下良好第一印象的平凡之辈。

第三章
罪恶之城

汤姆·洛夫特斯依然记得那是1978年初的一天早晨，一位帅气的年轻小伙拿着一小捆剪报走进了《肯塔基邮报》。加里·韦布跟他说想见一下报社的编辑万斯·特林布。洛夫特斯如今供职于《路易斯维尔信使报》，是该报法兰克福（肯塔基州首府）记者站站长，那时他还是《肯塔基邮报》在卡温顿的一名年轻记者。

"有人告诉他编辑一直在招人，还说如果去得早的话有可能会找到一份工作"，洛夫特斯说，"万斯虽然为人古怪刻薄，但却极为聪明。他有时只根据某一天的表现就决定聘用一个人"。

想得到那份工作，光是在面试中让特林布印象深刻还不够。洛夫特斯摸不准玄机何在，但是他说特林布通常都会让那些潜在的录用者直接跑现场，报道突发新闻。"我确定他当时肯定告诉过加里，'年轻人，你不妨先跑跑本地新闻，现在就开始吧'。"洛夫特斯还说，"韦布可能在截稿前交了篇报道致命车祸的稿子,算是试用期开始了"。

1998年4月,作家查尔斯·鲍登曾采访韦布,并写成题为《业界弃儿》的特稿,刊发在那年的《时尚先生》杂志上。在那次采访中,韦布回忆,当时特林布让他自己找两个故事,写成稿子,一周之内交上来。他回到家,坐在后院里,认真想了想,打定主意:"没问题,我做得到。"韦布回头交了篇肯塔基州新港市脱衣舞女的稿子,另一篇稿子写的是一个以刻墓碑为生的人。特林布虽然毙掉了那篇脱衣舞女的稿子,说是"尽人皆知之事"没新意,但他特别喜欢韦布的文字,所以让韦布多写两篇。一周后,他又给了韦布一周时间,让韦布再找两个故事来写。韦布意识到,尽管自己貌似是在无限期地被试用,但其实他已经开始了全职写作的生涯。

特林布现已退休,住在俄克拉荷马市。他并没有多谈如何面试韦布的细节,不过,尽管三十年光景过去了,他一直记得韦布这个人。"他那时是个初出茅庐的菜鸟,但干劲十足。人很爽朗,长得也很精神,而且很喜欢写作。"特林布回忆,过了若干年,就在"黑暗联盟"系列报道发布后不久,韦布给他打电话,感谢他当初给了自己第一份工作。"他在电话里非常激动",特林布说,"我不知道他是不是快要哭出来,反正他谢我谢了足有五分钟到十分钟的样子"。

《肯塔基邮报》位于一座写字楼的二层,编辑部里面十五个记者挤在一起,像极了一间装满维修工的锅炉房;这帮家伙得在每天早上九点半前急促地赶出稿子。《肯塔基邮报》每份包含 16 页,每天下午都会跟《辛辛那提邮报》捆在一起,投递到辛辛那提市近郊的 55 000 户居民家,以及北肯塔基州的十几个乡县。报道本地新闻这份差事,通常意味着要每天赶 100 多英里的路,去查看拘捕报告,打探医院和监狱的新接收人员,翻阅各类诉讼卷宗以及小镇上的各种出生死亡报告。

任何没被写成长篇报道的信息,都会如实记录在该报的一块著名专区"小镇哭泣者"。"走访县府职员的办公室,手忙脚乱地敲击打字机,查阅各种诉讼卷宗,凡此种种,对一个记者来说,不算是一个荣耀的开始",洛夫特斯说,"但是,这可以让你挖掘出很多新闻。优秀的记者都应该去查看那些资料"。

特林布交代的另一项任务,就是报道高中橄榄球比赛。每周五晚上,六位报道本地新闻的记者都会接到命令,去橄榄球比赛现场采访报道。把一些老式的俗语俚语创造性地用到稿子里,是接到这类任务的记者们最喜欢做的事情,而若是能打动特林布,他就会将截稿时间抛到脑后。正是因为这个原因,韦布开始喜欢上这份任务。

"每次加里在报道足球比赛时,他都会确认是谁持球向前推进最多。"洛夫特斯说,"他写的每篇赛事稿件,在第三段或者第四段通常都会出现这样的描述,'某某球员尽管多次获得持球向前冲击的机会,但每次都像在磨洋工,碎步前进。'加里一旦找到老词新用的灵感,都会大吼一声,通常那会儿他正坐在打印机前吞云吐雾"。

特林布以前是斯克利普斯-霍华德报业公司驻华盛顿记者,曾多次获奖,包括1961年的普利策奖。他有四十年的新闻从业经验,对于每个进他办公室的记者,他都喜欢点评训斥一番。特林布后来表示,他不记得是否训过韦布,但应该是有过的。"我当时谁都训。"

特林布说他的那些记者们老是想追到独家猛料,但往往又"成事不足,败事有余"。有一天深夜,他在家接到一个记者打来的电话,那家伙说自己正待在一间便利店,里头好像在经营非法赌马,"进来的人都会说'五美元四号的,或者三美元二号的'"。特林布后来回忆:"那个记者还嚷着要马上报警,让警察突袭小店。我当时说,'你最好别那么干,真见鬼,明早再和你算账。'当然,那些进到店里的人都是来买汽油的。"

"你不会希望自己被叫到他(特林布)的办公室去",洛夫特斯说,"如果他走到编辑部,然后指着你说,'过来',那么,毫不夸张地说,你糟糕的一天就要开始了。你知道肯定要挨训,而且被骂的话千篇一律:'这是我四十年来见过的最烂的一篇稿子。'不过,他通常都是对的"。

特林布并不是对调查报道情有独钟,在他看来,所有的新闻故事都应该细致入微地去报道。他希望每个可能的问题都在每篇报道中得到回答。每天早晨报纸被送到印刷厂后,记者们就出没在肯塔基州北部,四处寻找新闻。他们知道,如果拿不出调查详尽、表述得当的稿子,第二天最好就别在报社露面。

洛夫特斯说,尽管大部分同事都认为特林布近乎暴君,但同时也承认他极富天才。"我想不出还有哪份报纸比他这份更了解报纸所在发行区的情况",洛夫特斯说,"他的报纸具备了真正的优质小报的诸多品质。特林布是一个很聪明的家伙,不过,由于他有太多独特的想法,所以他的报纸也稍显古怪。他喜欢失踪儿童或患病儿童这类煽人泪下的故事"。

记者们私下必然会给一些故事起黑色幽默式的非正

式标题。"有一个故事被叫做'小蓝里基'",洛夫特斯说,"之所以叫这名字,是因为里基患有的心脏疾病使得他肤色淡化变成蓝色。后来还有一个'马克·斯通小朋友'的故事。马克·斯通是一名被母亲弄丢了的小婴儿,没人知道他到哪儿去了。特林布对那个故事尤其着迷"。

在小马克·斯通销声匿迹一个月后,警察发现了一名死婴,几乎可以确认正是这位失踪的婴儿。"但不知出于什么原因,也可能是听了律师的建议,孩子的父母一直没有认领孩子的尸体。"洛夫特斯说,"而且,因为尸体已经腐烂,警察也不能绝对认定孩子的身份。我们当时就发了一篇题为《无人想要死婴》的报道。我觉得,仔细推敲一番,这个标题起得极有深意。特林布让我去看看他们打算把孩子的尸身埋在哪儿。我开车找到小县公墓,所谓公墓,就是野外某处一片破落土地。我们随后便刊登了公墓的图片,上面配着文字'孩子将被埋于此'"。

在那篇专稿发出之后,报社接到了几十个电话,有牧师,还有丧事承办人,他们都主动要提供相关殡葬服务。"显然,最终马克·斯通小朋友得到厚葬,至少十五名记者,以及周边方圆 50 公里内所有电视台的摄制组都参加了这场葬礼。"洛夫特斯说。

另一个知名的特林布故事(但他的记者们并不觉得光荣),是"小狗上校"。

起初,邮报当时的一名记者、现在已是《康涅狄格法律论坛报》资深撰稿人的汤姆·谢菲接到一个关于受伤小狗的电话。"我写了篇关于这只没有主人的受伤小狗的故事,文章很简短,但足以打动人心。"谢菲说,"当时,我们报社的一名年轻女实习生要志愿照顾那只小狗一段时间。她回来后说,应该让那只小狗安乐死,以解除它的痛苦。但是,万斯拿起电话,打给一位兽医,告诉他要让小狗活下去。没人觉得这行得通,但是万斯吓唬医生,说必须给小狗做手术。"

特林布安排韦布去参加那只小狗的手术。韦布写的那篇关于小狗手术的报道被放在头版,配图是一张他在手术间带着医用口罩的照片。"小狗上校"最终活了下来,还被一个小男孩收养了。洛夫特斯说:"加里称他的那篇报道是一次'自取其辱'。当时报社每个人都写过一些赚人眼泪的夸张故事,韦布的代表作就是小狗这篇。"

格瑞格·沃尔夫偶尔也会陪着韦布一起去采访。据沃尔夫回忆,韦布在采写交通事故或者谋杀案时,遇到必须采访死者家属这类情形——当时报社的记者们曾开玩笑地描述这种采访为一记"早上好琼斯,欢迎来到寡妇团"重拳——他就会抱怨连天。"他说他的任务就是到门口问一下那位母亲,关于她儿子被人捅死,她有何感觉?"沃尔夫说,"他确实这么做过一次,那位女士当时还不知道发生了什么事情"。

入职《肯塔基邮报》之后不久,韦布就向苏求婚了。他们于 1979 年 2 月 10 日在印第安纳波利斯市举行了教堂婚礼。"我记得韦布当时找到一个一神论的教堂,他对牧师说,'你想怎么做都行,但是希望你不要提耶稣。'"沃尔夫回忆。婚宴是在韦布的单身公寓里举办的。"我们尽情享用意面和红酒,欢乐满屋,是我这辈子经历过的最棒的婚宴了。"沃尔夫说。

韦布和妻子婚后搬到肯塔基州卡温顿的工薪阶层小区。"我们那时住的地方叫神学院广场,住那儿的人都免不了要花大力气来修修补补那些老房子。"苏说。她怀上他们的第一个儿子伊恩之后,韦布开始担心妻子的安全。一天,一个小偷摸进韦布车里,偷走了他的收音机,于是他在屋里安装了一个报警器,只要有人试图开车门,屋里就会响起警报。苏说:"有一天,警报真响了。加里拿起步枪出去,看到一位大个子黑人正沿着小路往下推车子。"

尽管韦布与他正面对峙,但那个准备行窃的偷车贼不仅没跑,反而向韦布走去,直到韦布开枪,他才转头跑掉。那家伙后背中弹,开始流血,拖着身子挣扎着跑了几步,就晕了过去。幸运的是,他没死,但后来被指控试图偷车。"邻居们给加里发了一个奖杯,而且在那之后,整个小区都变得安宁许多。"苏说。

回忆起这件事,谢菲说当时还担心韦布会因为枪击受到指控。"大家一度认为加里可能会受到指控,当时很多辩护律师都说,如果警察真要插手此事,他们就免费替韦布辩护。"不过韦布从未受到过警察的指控,毕竟他有持枪许可,而且当时是在自卫。谢菲还说:"比较讽刺的是,加里在'黑暗联盟'面世之后受到黑人社区的热捧,看来肯定没人告诉过他们,加里还曾朝黑人兄弟开过一枪吧?"

如果说卡温顿有其粗野的一面,那么同在肯塔基州的新港则完全没有这样的特质。新港在过去二十年里洗白了形象,尽管在20世纪80年代早期它还被《肯塔基邮报》的记者称做"罪恶之城",是因黑帮盘踞而著称的辛辛那提市的红灯区。蒙贸斯街是新港毒贩及娼妓的主要活动地区,遍布色情小店、酒吧和脱衣舞俱乐部,邮报的一些记者也会定期光顾此地。

新港有一位亲民而有趣的市长,因为他在市中心有家电视维修店,所以大家都叫他约翰尼·"电视"·佩卢索。只要有冰激凌车驶过,他都会塞给街边的孩子几枚25美分的硬币,他同样也因此而知名。在20世纪80年代中期,由于对大陪审团撒谎以及强迫公职人员滥用公款,佩卢索进了联邦监狱。

据谢菲讲,自己进报社不久,就被同事带着去了一家名叫"粉色猫咪"的新港俱乐部。"当时那里有一位叫'野性希娜'的舞女,她说需要一名志愿者配合自己进行长鞭表演。"谢菲说,"我当时才二十五岁,样子青涩,而且明显不像卧底,于是她就把我挑出了观众席。我嘴里被塞进一根香烟,手足无措。而她在25英尺开外的的地方,连我的鼻子都没碰着,就用鞭子从我唇边卷走了烟"。

沃尔夫回忆说:"那里就像是拉斯维加斯,一个狂野的小镇。"在韦布有采写任务时,沃尔夫会经常和他一起去新港。沃尔夫最喜欢去的地方是一家叫做"黄铜臀部"的脱衣舞俱乐部。"那儿的舞台上有一个投币式自动点播机。女孩们出来之后,顾客往里面放几枚硬币,她们就开始边脱边跳,直到一丝不挂。"他说,"客人们就像是在两英尺外观摩一场妇科检查。她们之后会试图让你买杯香槟。这些脱衣舞女中,加里采访过很多个。他很受她们欢迎"。

正是在《肯塔基邮报》期间,由于报道了新港警察打人案件,韦布自此便开始了调查记者生涯。在1978年1月一个寒冷的夜晚,一名不知身份的袭击者走入蒙贸斯街一家成人书店,拿出手枪,开枪击中店主莱斯特·李,后者被送往当地医院后不治身亡。警察们翻看李的口袋时,发现一个皮夹里头塞满了名片,名片上的联系人包括好几位当地从事煤炭生意的商人,此外,还有一位俄亥俄州的参议员。

谢菲那时候刚开始学法律,他告诉韦布,这篇采访他可以提供帮助。谢菲说:"在他早期的调查报道中,我们有过合作,当然绝大部分都是加里的劳动。加里为这桩案件着迷,开始追踪莱斯特·李的故事。"

韦布很快发现,李不是什么普通的成人书店小店主,他曾位居联邦调查局十大通缉要犯之列,是个臭名昭著的匪徒。而且,李还是一家看起来没有任何雇员的煤矿公司的老板。

"李本质上就是一个伺机制造新一波骗局的欺诈者。"谢菲说,"他想成为大人物。他曾经一直投机于股票,之后又赚石油危机的钱"。正如韦布和谢菲所揭示的,缺乏石油工业的国家都会竞相争抢燃料资源。"李意识到,如果能买通某位矿业工程师,就可以给那些求材若渴的国家发出消息,说你探明了一片煤炭矿藏,消息可靠,然后在对方意识到是骗局之前把钱赚走。"谢菲说,"这就是为什么李会死:摸清他行动目的的人出手结果了他"。

韦布和谢菲开车北上,赶到俄亥俄州的州府哥伦布市,采访参议员唐纳德·布兹·卢肯斯,他的名片在李的口袋中被警方发现。卢肯斯是一名共和党活动家,曾于1976年在罗纳德·里根第一次总统竞选中担任中西部选区协调员。他并没有否认与李的关系。当然,即便他矢口否认,也没什么说服力;韦布和谢菲当场给他看了一张照片,画面上,莱斯特·李、里根和他三人正从一架飞机上下来,那是发生在一次竞选途中的事情。

"卢肯斯觉得和莱斯特·李做生意没什么问题。"谢菲说,"李是他的生意顾问、合作伙伴、老朋友,以及资源提供者。李想讨好卢肯斯,就给他弄到了那架飞机。飞机用于在五个州飞行穿梭,本质上启动了里根那次竞选活动"。谢菲还到华盛顿咨询了联邦选举委员会。他说:"价值如此高昂的捐赠物是必须要报告的,但他们并没有这么做。"

以李的命案,以及他跟卢肯斯和里根的联系为报道主线,韦布和谢菲最终共同撰写了题为"煤矿关联"的长篇系列报道,包含十七篇故事。

"特林布对这个报道并不热衷。"谢菲回忆,"他当时说,'韦布,你的风衣在风里乱飘呢'"。特林布之所以打击加里,是因为他觉得那会是一篇支离破碎的国际报道。当然,他所做的不过是几乎所有编辑都会做的事情——不要让热血沸腾的年轻记者花上数周、数月甚至数不清的日子投身于复杂的调查报道。

韦布没有再向特林布报告那个故事。他和谢菲换了个方式,在随后两年用闲暇时间来深挖那个故事。《肯塔基邮报》最终于1980年,即特林布退休后不久,才刊发了那个故事。整个系列由三大部分组成,第一部分聚焦于李,讲述他在煤矿业从事的信用欺诈,以及他与卢肯斯的关系。第二部分揭露肯塔基州用于煤矿开采的重型设备未经注册,而这种情况在全美仅肯塔基州独有。韦布和谢菲发现,恰恰是因为这类设备缺少相关的文档资料备案,偷来的牵引车很容易出口到其他国家。他俩还发现,有证据表明,部分设备甚至被有组织犯罪集团运到南美,作为大宗可卡因交易的担保物。

谢菲觉得，那时挖掘出毒品交易的猛料早已偏离了他们原本设想的故事框架，但由于韦布对细节的热忱，"煤矿关联"系列报道不仅标志着韦布在记者生涯中首度冒险探入有组织犯罪领域，更是他第一次触及拉丁美洲猎獭的可卡因交易。为了弄清这个故事，他们两人驱车前往肯塔基州亚什兰市联邦监狱，采访一位颇具传奇色彩的诈骗犯J. R. 达勒姆，想了解采矿设备的黑市交易情况。在路上，谢菲的车抛锚了。"加里跳下车，在五分钟内就修好了车。"谢菲说。那次采访绝对不枉此行。"达勒姆得意洋洋地嘲笑被他成功骗倒的各色人等。"

"煤矿关联"系列第三部分揭露了美国总统尼克松是怎么通过税收激励政策为煤矿公司抹掉亏损的。"人们很快意识到这种税收诈骗是如何运作的。如果你以预付金的形式赞助了某商业项目，然后，那家公司破产了，那么，国税局会通过提供一美元对一美元的无息信贷的方式，勾销你的亏损。"谢菲说，"这是一个非常强大的税收保护伞，给他们提供资助的全都是些医生，以及与黑帮有关联的个人和公司，也正是这些人捞走了所有的税收好处"。

当里根在1980年的总统竞选期间来到中西部时，韦布和谢菲在其整个俄亥俄州的竞选行程中都紧跟着他的竞选团队，试图问清这位候选人跟卢肯斯存在何种关系。但是他们一直未能采访到里根。据谢菲说，里根当时的竞选发言人宁可辞职也不回答韦布的那些问题。

卢肯斯于 1986 年再度担任国会议员。三年后，俄亥俄州一家电视台在一间麦当劳快餐店拍到卢肯斯跟一位黑人女孩的母亲交谈，这位母亲 16 岁的女儿与卢肯斯有过性交易。他承认他的不端行为，并接受入狱 30 日的惩处，但他拒绝放弃国会议员的席位。接下来的一年中，一位在国会大厦上班的电梯操作员指控卢肯斯曾对她动手动脚，试图猥亵。1995 年，卢肯斯被认定犯有包括行贿和共谋罪在内的五条罪状，被判处在联邦监狱服刑 30 个月。

"煤矿关联"发布后，《肯塔基邮报》推荐该系列报道参评普利策奖。虽然最终未能斩获普利策奖，但还是拿到了 1980 年的"年度调查记者与编辑奖"。谢菲、韦布和他们的家人一同飞到圣迭戈去领奖。"《新共和》杂志在封底将我们的系列报道予以专题介绍，可见他们当时也觉得这个报道不容小觑。"谢菲说，"但除此之外，再没有更多的关注了。不过，这并不是最后一次加里的报道没能在主流媒体中得到广泛关注"。

一位名叫沃尔特·博格丹尼奇的记者注意到了韦布

的报道,他是《克利夫兰实话报》的一名调查记者,后来又陆续效力于电视新闻节目《60分钟》《华尔街日报》和《纽约时报》。博格丹尼奇当时正在调查北肯塔基州的贝弗利山晚餐俱乐部,这家"由保守派黑帮运营的非法赌场"的一些参与者就住在克利夫兰。他跟其他同行谈起这个故事的时候,其中一位记者推荐他联系韦布,说这个人写的报道出色地揭露了肯塔基州的黑帮。

博格丹尼奇说他当时立刻就对韦布产生了兴趣。"他是一个很有趣的家伙,和我一样都有着愤世嫉俗式的幽默感。我发现跟他共事特别愉快,于是便努力想把他弄到《克利夫兰实话报》来工作。"

第四章
重大新闻

如果说韦布是在《肯塔基邮报》学会如何成为一名调查记者的,那么在《克利夫兰实话报》,他开始真正地大放异彩。韦布来到了这家1983年美国中西部发行量最大(50万份)、最受人尊敬的日报。从一份小城的日报转投一家地区性强势媒体是个不小的成就,不过,韦布得到这份工作,绝非只靠沃尔特·博格丹尼奇在《克利夫兰实话报》内部帮忙。

更重要的是,他的履历上有五年的日报从业经历,他的系列调查报道还曾获过奖。如今是《纽约时报》编辑的博格丹尼奇表示,韦布能获得这份工作完全是凭借自己的才干。当时,新雇员必须和其他人共用一部电脑终端。跟韦布用同一部电脑的人叫汤姆·安德热耶夫斯基,一个35岁的克利夫兰本地人。此君中学毕业刚进报社时,还只是个送稿件的勤务工,但一步步成长为记者;他的办公桌位于编辑部房间深处一个局促的角落里。

韦布在他1998年出版的"黑暗联盟"一书中提到过安德热耶夫斯基,尽管没有直接点出这个名字。"我当时被分到跟一位中年高个记者共用一部电脑,他有着一个很长很难读的波兰名字。"韦布写道,"所以,为了节省时间,我都叫他汤姆·A。"

对于安德热耶夫斯基,据韦布回忆,此人喜欢骂骂咧咧。在答复一个问题时,该说"是"的时候,他不说是,而说"该死的";他还将一些难对付的政府公共官员和他不喜欢的编辑称为"该死的混蛋"。不过,韦布关于此人最深刻的印象,是他接电话的样子。他会指向电话,带着一种滑稽的直觉,向韦布眨眼,然后郑重宣布,"猛料来了"。

"每次听到他这样说,我都会大笑。"韦布写道,"所谓的'猛料',如同记者们的'圣杯',给每日淹没在新闻发布会和警察电话中的记者带来他们从未写过的最重大的新闻,这类重大报道足以将其整个职业生涯带上巅峰"。

安德热耶夫斯基现在是克利夫兰市一家名为城市集团的公关公司的总裁。他怀念韦布,说韦布外表酷似著名谐星杰夫·福克斯沃西(Jeff Foxworthy),总是喜欢跟报社里报道汽车新闻的记者谈论跑车和摩托车。这位记者曾将泡沫包装的发动机零部件作为恶搞礼物送给韦布。零部件是别克车上的,恰好是韦布在世上开过的最后一款车型。

"加里是一个很有能力的调查报道记者",安德热耶夫斯基说,"同时,他还非常有趣,具备那种记者特有的多疑又沾点愤青气息的幽默感"。韦布当然也有他严肃的一面。"他正直勤奋,尤其在揭露腐败的政府官员或是无能的政府机构时,他态度尖锐。"

与韦布办公桌相邻的另一个人是史蒂夫·勒特纳。他是从《哥伦布公民杂志》跳槽过来的,和包括韦布在内的其他十来个记者一样,都是被《克利夫兰实话报》聘来壮大报社对州政府的调查报道队伍。勒特纳如今仍在该报哥伦布记者站工作,在他的回忆中,这家报社的编辑部具有浓郁的20世纪50年代风格,如同第三世界的血汗工厂一般。

"那好像个垃圾场。"勒特纳说,"编辑部是一个大开间,不通风,大家都在里面抽烟。当时韦布在我后面坐了有一年半的时间"。据勒特纳回忆,韦布是一个很勤奋的记者,不停地接打电话,将稿子往前推进。"他以前经常说(新闻报道)这个体系奖励的是能坚持的人。"勒特纳说,"加里一直在寻找着目标。一旦锁定了目标,就不再轻言放弃"。

韦布如果不在办公桌前,就在法律图书馆查找案例和政府法规,然后他会在与任何拒绝接受采访的政府官员通话时,愤怒地引用这些法条。"如果他打算采访的任何机构对他有任何阻挠,他就会猛烈地抨击对方。"勒特纳说,"30年来我从未见过比韦布更能坚持不懈的记者"。

但并不是编辑部里所有人都欣赏和认同韦布式的新闻热情,或者说他自以为是的独家新闻采写方法。韦布大声责骂腐败的政府官员时,看上去像在说教。他的道德观念清晰,是非分明。在看他来,不管有何隐情,违反法律均毫无借口可言,并且报道这些非正义事件是他作为一名记者的使命,无论这些事件多么琐碎或专业。"我认同韦布",勒特纳说,"但如果他能在价值观上不那么刚硬,那会更好一些。我觉得这可能跟他是海军中士的儿子有关"。

汤姆·萨迪斯六年前离开新闻业,现在是俄亥俄大学的一名在读博士。韦布来报社的时候,萨迪斯已经在《克利夫兰实话报》待了一年多。"韦布有一种特立独行的新闻主义精神。"萨迪斯说,"他觉得我们的存在不是为了教化人们,而是为了发出抨击,我同意这个观点"。

萨迪斯当时被称为俄亥俄州政治的活字典,所以韦布经常来找他,请教关于手头报道的调查建议。"韦布作为一名记者所具备的优良品质之一,就是能及好充电,吸取别人的知识,为己所用。"萨迪斯说,"他乐于得到别人的指点以找到信息,也特别擅长搜集文档。"

据萨迪斯说,韦布并不是那种一板一眼的记者。他在电脑上贴着"金属乐队"的贴纸,经常在敲写稿子的时候播放重金属音乐。韦布也喜欢跟同事玩恶作剧。当时编辑部里有个鱼缸,有一条金鱼死掉了,韦布和一个同事把金鱼捞出,用纸巾包裹起来,偷偷放到另一家竞争报社一位记者的邮筒里。那家报社正在调查克利夫兰当地的犯罪集团,而金鱼尸身上标着黑帮风格的警告:"滚开。"

韦布在《克利夫兰实话报》前期的大多数报道都和州医学委员会的违规行为有关系。沃尔特·博格丹尼奇之前也早已写过关于州医学委员会的系列报道。韦布的报道恰好接续了博格丹尼奇的系列报道,不仅揭露了州医学委员会任人唯亲的裙带关系,更重要的是,还揭露了该委员会依旧我行我素,拒绝惩治整顿违规医生。通过公开的记录请求,韦布掌握了病人们发出的投诉,并且还追踪发现州医学委员会并未对这些投诉展开充分调查。

格瑞格·沃尔夫依然记得韦布给他讲过几个性质比

较恶劣，但州医学委员会并未处分违规当值医生的案例。韦布发现某个医师开的减肥药比美国其他所有医师开的量都多，便找到这个内科医师的地址。此人在他的住所外开了家诊所，每周开门两次。韦布驱车而至，发现正有一队人在诊所外面排队等候。韦布虽然只有160磅，不过，时值隆冬，在一件肥厚的冬装夹克里面还穿着好几层衣服。排到他的时候，医生问他身体有什么问题。

"我有些胖。"韦布回答。医生并没有要求他脱掉外套，只让他称了称体重，然后给了他一瓶药片。两天后，韦布再次上门。"你想要什么？"这个医生问。"更多的药片。"韦布说。"我给你的那些药片呢？"医生问。韦布没想到会被认出来，只好无助地耸耸肩，谎称"我刚开了个派对"。

沃尔夫说，韦布告诉他，那个医生没有多问就给韦布开了处方药。韦布还调查了另一个据传精神不稳定的医生。"加里找到她家，她当时正在车库里拿着水管冲洗地板，实际上地板已经干干净净，一尘不染。"沃尔夫说，"韦布问她在做什么，她回答'我正在冲刷毒药'"。

很明显，这位医生以为她的合约商试图谋杀她。为了让人相信，她还指着她的车，车身上溅满了泥渍。"是炸弹！是炸弹！"她咆哮。"她把车身上的泥渍看成是投掷炸弹后的结果。"沃尔夫说，"她就是个疯子，州医学委员会的人都知道，但仍未对她采取任何处分"。

1984年，韦布和博格丹尼奇联手揭露了克利夫兰-凯霍加河港口管理局的利益冲突丑闻。克利夫兰市坐落在伊利湖畔，当地码头装卸着途经五大湖而至的来自世界各地的船运集装箱。所有这些集装箱都需要买保险。阿诺德·平克尼原先曾担任一所学校的董事会主席，当时是港口管理局理事会成员。平克尼自己有一家保险公司，并且把价值200万美元的保险卖给了港口管理局。

平克尼那时刚被任命为竞选活动负责人，协助杰西·杰克逊的首次总统竞选。平克尼的律师召开记者发布会，公开谴责韦布和博格丹尼奇的报道，指责文章"严重不完整"，而且充满了事实性错误。但《克利夫兰实话报》拒绝撤稿。"他遭到起诉并被定罪，之后又得到赦免。他就是这样吃得开的人。"博格丹尼奇说。

港口管理局的那篇稿子是博格丹尼奇第一次也是最后一次与韦布合作。"他往他的方向走，我按我的路线前进。"博格丹尼奇说，"我们都是那种特别固执的人，难得妥协"。博格丹尼奇回忆，有一次，在韦布撰写平克尼的后续报道涉及的某些细节时,他俩产生了争执。"我认为他当时过于确信某些事实了。"博格丹尼奇说,"他得出的结论我不同意。我就走开了。然后,我对他说,'加里,这是你的稿子了。'这只是一件小事,但能看出他有多么坚持己见'"。

就在港口管理局的报道发布不久,博格丹尼奇被调至《克利夫兰实话报》的哥伦布记者站。韦布随后不久也被调到此地,他们仍然是朋友。

在博格丹尼奇回忆中,他经常到韦布家吃晚餐或者是看电影。韦布最喜欢的电影是《疯狂高尔夫》(*Caddyshack*)。

"要理解韦布,你就必须能去欣赏罗德尼·丹杰菲尔德饰演的那个角色,就是那个在乡村俱乐部大呼小叫到处给人小费的家伙。"博格丹尼奇说,"韦布不会对傻里傻气或者自大傲慢的人有耐心,尽管一些人也因此批评他太过自以为是"。

一天晚上,这对搭档坐在哥伦布一间环境憋闷的酒吧里,努力让自己成为大众眼里的讨厌鬼,以此向丹杰菲尔德致敬。"那间酒吧通常是那些政治说客聚集的地方。"博格丹尼奇说,"我们当时喝到酩酊大醉,然后开始大声讨论我们将要如何收买一群州议员。我们只是觉得那大概就是酒吧里的人讨论的内容吧。当时我们狂笑不止,乐得眼泪都流下来了"。

1984年夏天,博格丹尼奇转到《华尔街日报》工作。他接到的任务中,比较简单的一个是报道高尔夫球赛,巧的是球赛就在哥伦布附近举行。他给韦布打了电话。他所需要做的就是准时出现,然后以轻松俏皮的风格写一篇稿子,反映高尔夫作家是如何拥有世界上最简单的工作的。然而,真实的情况却没能像他想的那么简单。"我当时要写的稿子就是关于高尔夫作家的工作有多么简单,劳动时间不多,酒却不少喝。"博格丹尼奇说,"比较讽刺的是,因为加里和我那天都喝到烂醉,赶到高尔夫营地帐篷的时候都迟到了"。

就在博格丹尼奇离开报社转投《华尔街日报》前,他跟着韦布做了几次采访。韦布当时在做一篇关于百威啤酒克利夫兰国际汽车大奖赛的稿子,那是在伯克湖畔机场赛道举办的一场慈善性质的汽车大赛。在一篇标题为《与利润共驶》的报道中,韦布揭露,大赛的主办方将原本应该交给市里的100万美元留做私用,这明显违了约。赛事主办方以诽谤罪起诉了《克利夫兰实话报》。这个案子持续了好多年,甚至在韦布离开报社之后依然悬而未决。尽管韦布所列的事实从未被证实是错误的,但他的标题具有误导性,暗示出他的新闻主角做了很多坏事,哪怕他在稿件中实际并未这么写;这个缺陷也出现在后来的"黑暗联盟"系列报道中。陪审团最终判决原告获赔1 360万美元。

因为之前曾陪着韦布一起采访,博格丹尼奇差点只能作对韦布不利的证明。"他们一直试图让我说出自己对'利润'一词的定义。"博格丹尼奇说,"他们想利用我的证词推翻加里,但是最终没有成功。我觉得法官在那个案子里的裁决令人质疑。律师们庭外和解的时候加里有些沮丧。他觉得如果上诉的话,报社是可以赢的"。

多年后韦布推出"黑暗联盟"系列报道而激起轩然大波,《纽约时报》援引这次庭外和解作为证据,将韦布说成那种为人散漫,文风不严谨,容易出现事实错误的记者。加里·克拉克是当时《克利夫兰实话报》的执行编辑,现在是《丹佛邮报》的执行编辑,他说,因为韦布写的事实没有任何错误,都是直接援引自公共记录,所以报社从未撤下他的稿子。克拉克说:"韦布的报道很好,争议点在于到底报道中的赛事主办方获得的是'收益'还是'利润',这在标题里虽然语焉不详,但在文章中写得很清楚。让韦布因此担上罪名是不公平的。"

在《克利夫兰实话报》跟韦布的工作关系最为密切的人是玛丽·安妮·夏基。她曾在20世纪80年代工作于现已停刊的《戴顿新闻先驱报》,韦布在《肯塔基邮报》写的关于煤矿产业腐败的报道给她留下深刻印象,所以她想跟进做后续报道。她找到卢肯斯,当面质问他是否跟已经死去的黑帮暴徒莱斯特·李存有文章中指控的关系。卢肯斯否认了所有的事情,并且试图向夏基施压,让她不要写下去。但是卢肯斯失败了。"加里曾告诉我,我是全美唯一跟进'煤矿关联'系列报道的记者。"夏基说。

当韦布从《克利夫兰实话报》总部克利夫兰市调到哥伦布记者站的时候,夏基已经在那里待了两年,而且升任站长一职。她当时刚刚完成一份关于俄亥俄州立大学医学院涉嫌利益冲突的系列调查报道。医学院的院长在校外开了一家私人诊所,从中获益颇丰,尤其是他的开支,包括他给雇员发的工资,占用的都是州纳税人的钱。

在韦布刚刚写完揭露州医学委员会不作为的稿件时,便接到了来自伊利诺伊州昆西市验尸官的电话,让他查一查名叫迈克尔·斯旺戈的护理人员,验尸官怀疑这个金发碧眼的家伙在被俄亥俄州立大学医学院开除之后,已经在昆西的一家医疗公司中毒害了十几个他的前同事。在许多场合,斯旺戈主动给他的同事提供咖啡和甜甜圈,而所有这些人在享用后都会出现剧烈持续的恶心和眩晕症状。"加里当时给我打电话,因为我刚刚做完那篇关于俄亥俄州立大学医学院的稿子。"夏基回忆道。

她和韦布合作,深入调查斯旺戈在俄亥俄州立大学医学院担任内科医生期间的问题。从韦布在州医学委员会的消息源,再加上夏基在俄亥俄州立大学的联络人口中,他们发现这两家机构其实都已经怀疑是斯旺戈杀害了医学院病房的那几个病人;但因为担心会给机构带来坏名声,还招来死去病人家属的诉讼,所以他们没有将此事公之于众,而是选择了隐瞒。"韦布是最为一丝不苟,又最坚持不懈的调查记者之一。"夏基说,"每次我到办公室的时候,就发现他整晚在那里研究分析文件。我们写的报道发在了国家级媒体上。如果当时医学院和州医学委员会有所作为的话,斯旺戈不可能害死后面那么多人"。

法院宣布斯旺戈使用剧毒电池毒害同事的七项指控罪名成立,判定其在伊利诺伊州监狱监禁五年。但是此人化用一个假名离开了美国,之后在津巴布韦一家诊所找了份工作;在他逍遥法外之际,被他残害的受难者渐次离世。最终,斯旺戈于1997年在飞往沙特阿拉伯的航班中,在芝加哥短暂停留时被捕。在2000年的审判中,弗吉尼亚州陪审团认定斯旺戈早年毒害三人致死罪名成立,判决其终身监禁。

韦布当时常跟夏基说起他们应该写本关于斯旺戈的书。"我们最大的遗憾是大家最终都没有写。"夏基说,"但韦布首先是一个记者,他对新闻报道感兴趣。他完全想象不出新闻事业之外的生活会是什么样子的"。

1986年,韦布写了一篇题为《黑帮团体向首席大法官捐款》的报道,揭底克利夫兰本地的知名法官弗兰克·塞利布雷齐,而对于这篇稿子,夏基必须回避。韦布弄到了一份捐款清单,透露了与犯罪集团存在关联的克利夫兰工会向塞利布雷齐所在的俄亥俄州最高法院的捐款详情。"工会的大多数官员被捕,并被定罪或被联邦调查局指控与黑帮团体有染。"

夏基之前写过塞利布雷齐的报道,所以,《克利夫兰实话报》的律师告诉她,她不能给韦布的这篇稿子提供帮助。很大程度上,由于韦布的报道,塞利布雷齐在竞选连任时落败,因此他要求报社撤稿。但韦布的编辑拒绝了。塞利布雷齐起诉了报社,最终赢得了庭外秘密和解的结果。而这场官司,加上之前的慈善汽车大赛的案子,后来都被《纽约时报》援引为证据,以证明韦布是一个糟糕的记者。

跟之前赛事报道的问题一样,韦布的同事回忆,那次庭外和解归根结底焦点也在报道的标题而非报道正文。"报道的正文组织严谨",夏基说,"实际上,也正是因为标题,案子才需要庭外和解"。

而这次的诉讼和解也是报社第二次因为韦布的报道向原告支付高额赔偿。尽管同事们将韦布视为特别具有攻击性的记者,他们依然驳斥了"黑暗联盟"风波后涌起的韦布特别容易招来官司的断言。有影响力的调查记者都有可能被起诉,这是他经常说的话——"这样你才能知道自己有没有做好记者的工作。"但是,考虑到他报道中所写的新闻事实并不能被证实是错误的,对韦布来说,他感觉自己被诉讼和解背叛了。

韦布和夏基继续合作写稿,通常是韦布负责报道的主体正文和调查采写部分,夏基帮他写导语以及组织原稿。有时候,他们还会争执报道中的某处用词,通常是在批评某位公共官员的明显过错时韦布插入的词语言过其实。韦布尊重夏基作为一名编辑的工作能力。他会尽可能地说服夏基,但如果夏基拒绝让步的话,韦布也会退让。

"和加里一起工作挺有挑战性的",夏基说,"但他配得上大家的努力。对有些赛马你得不断鞭策才能让它到达终点线,而有些赛马你又必须拉住缰绳。加里就是那种你必须拉住缰绳的记者"。

两人还一起写过关于调查哥伦布市长达纳·莱因哈特婚外不忠的几篇报道,此君当时因涉嫌对其 15 岁的保姆舔阴而被大陪审团调查。尽管警方未对其指控便草草结案,韦布还是向公共记录提出申请,要求查阅达纳·莱因哈特的案件。他们的报道透露,保姆已经通过了警方的测谎仪检查,而达纳·莱因哈特仅同意参加由他自己的专家组织的测试。

大陪审团拒绝指控达纳·莱因哈特,但他的行为最终还是让他落网了。1990 年,他承认在跟一位已婚女子的婚外情事件上撒了谎,并且放弃竞选连任。六年后,达纳·莱因哈特因酒驾被捕,在车祸现场,可以看到他的车径直撞进了一辆警车的后部。

据夏基回忆,韦布写过的最有趣的稿子之一,实际上是份图片专题。韦布盘点了一些为俄亥俄州州长迪克·西莱斯特效力的人,查阅这些人的不动产记录,看看他们分别在西莱斯特就任州长前后都住什么样的房子。"虽然只是图片,但真的特别有意思。"夏基说。所有这些

第四章 重大新闻

人,从竞选活动负责人和联络人员,到他的副手和其他阁员,选举前都住在非常普通的房子里,但州长上台后大家都搬进了豪宅。

"加里有一种很奇妙的幽默感",夏基补充道,"他对这些坏人们特别感兴趣。每当我们扳倒其中一个的时候,他总会笑得特别开心。他非常享受那种一决胜负式的采访。他总是说,'现在我们必须公开他们的谎言了'。在哥伦布,人们想让某人陷入苦恼的方法之一,就是告诉他,《克利夫兰实话报》的加里·韦布想要采访他。这确实会让人内心焦灼不安。"

两人的合作在1988年终止,因为当时夏基接受了调至克利夫兰市担任《克利夫兰实话报》主笔的工作。韦布希望接替她执掌哥伦布记者站。但是加里·克拉克,也就是报社的执行编辑,并不认为韦布适合那个职位,夏基也这么认为。"我从未看见韦布做过那些需要处理的行政工作。"夏基说。那个被选中填补站长职位空缺的人,在大多数人眼中是一位严重不称职的家伙,后来的事实也证明了这一点。韦布告诉夏基,他会在她的继任者到来前辞职。夏基试图说服韦布,让他再等等,但是韦布拒绝了。

"我不会为他工作的",韦布告诉夏基,"他就是一个该死的白痴"。安德热耶夫斯基和其他报社记者当时都同意韦布的评价。"《克利夫兰实话报》有时独具慧眼,能招到一些最为严厉的编辑,但有时招来的却只是愚蠢无知的编辑",他说,"这是报社的重大失误。加里是颗他们本应竭力留住的宝石。他离开报社的原因虽然很复杂,但是聘任一个完全不合格的编辑来指挥他,只会让事情更糟"。

奈特里德(Knight Ridder)报业集团招聘人员打来的电话,让韦布更加坚定了另谋高就的想法。这通电话中,韦布被问到是否有兴趣搬到加州去,《圣何塞信使报》需要一名合格的调查记者。韦布告诉奈特里德的招聘人员,他负担不起在圣何塞的花销,但是如果他们能同意让他在萨克拉门托工作的话,他仍然乐于采写涉及州政府的新闻。他告诉《克利夫兰实话报》的编辑们,他遇到了这个新的工作机会。编辑们恳求他留下,甚至还提出给他加薪。

苏当时以为他的丈夫还会留在报社。《克利夫兰实话报》竭力想满足韦布,好让他愉快地留下,韦布当时大概没想到老东家会那么对他,他很惊讶,甚至也颇受感动。他们有一个四岁的儿子伊恩,还有一个尚在襁褓中的小儿子埃里克;他们喜欢他们现在的街坊社区,在报社还有一群关系亲密的好朋友。但是,一天晚上,韦布下班回到家里,告诉苏,他已经接受了《圣何塞信使报》的工作。《克利夫兰实话报》的负责人知道这个消息后非常生气,通知韦布只有一天时间让他搬出办公室,然后他们会马上给哥伦布记者站换锁。"加里说我们要搬到加州去",苏说,"然后就是那样了"。

根据韦布的聘用条款,韦布不需要向圣何塞的报社总部提交每日新闻报道,而通常这是每个新来的记者在获得升职而分配到更高端任务前的日常差事。作为条件,他直接去了《圣何塞信使报》的萨克拉门托记者站,当时记者站除了他之外,只有一个记者。韦布可以自主选题,而且不需要向总部提交每日新闻报道,这立刻引来了报社某些人对这位来自外州又炙手可热的记者的憎恨。"韦布当时不想做那些没意义的新闻",帕梅拉·克莱默这位当年《圣何塞信使报》的记者说,"他总是对外说不想做那些狗屁新闻。但是,安排别人做这些没营养的每日新闻,他却没意见。他太自以为是了"。

韦布在萨克拉门托记者站后来的一个同事米奇·本森,现在是加州大学戴维斯分校的公共关系职员,此君谢绝为本书接受采访。不过,比韦布早一年来到萨克拉门托记者站、现任《圣何塞信使报》执行主编助理的伯特·罗宾逊坦言,他当时立刻喜欢上了韦布。"我很高兴能看到记者站多了个新同事,能有人和我聊聊天;加里和我一拍即合。周末我经常到他家看冰球比赛,或者抽烟神聊。"

据罗宾逊说,他和韦布都是音乐发烧友,以前经常一起看演唱会,还相互为彼此制作混音磁带。他回忆,韦布非常喜欢马特虎伯乐队,在韦布看来,乐队主唱伊恩·亨特的歌声就如他们的一首歌名那般《漫步水上》。罗宾逊喜欢的音乐类型更广泛,他想让韦布试着听听 Toots and the Maytals 这类经典雷吉乐队,但韦布坦言更喜欢 Rancid and Offspring 这些加州朋克摇滚乐队。在罗宾逊看来,韦布这种年近四十的已婚男人还喜欢这类音乐,感觉非同寻常。

在萨克拉门托记者站,罗宾逊负责的报道涵盖州财政预算、州长政务以及立法机关新闻,这对一个记者来说工作量并不小。加里看起来似乎工作不是那么努力。罗宾逊说:"所有在韦布身边附近的人都会那么评价他。"韦布在追踪一篇报道时,会倾注自己全部的注意力。但在一些报社事务上,他经常迟到或早退。他想花更多的时间陪他的两个孩子,而且似乎从没停止过摆弄自己的屋子。"韦布特别喜欢给他的房子修修补补。"罗宾逊说,"有时候,他早上来报社之前,可能整晚都在修整地板瓷砖,或是重新装设卧室的木饰"。

"那时候,韦布作为一名硬汉型的调查性记者,我特别敬重。"《奥兰治县纪事报》的记者克里斯·克纳普回忆,他经常在工作中碰到韦布。"我记得当时看到他在办公室,似乎从不接电话,只会查看留言;他一直都在忙着写自己的稿子,很少关注别人在做什么。他几乎从未在新闻发布会出现过。我觉得这也引发了他和其他记者的一些摩擦。偶尔在某个发布会上看到他,我感觉那也是他得到命令被迫前来的。"

和来自中西部的韦布一样,克纳普是西弗吉尼亚人。他们俩都蓄着过时的胡须,都是竞速摩托车和汽车的发烧友。"加里一直不是个中规中矩的人",克纳普说,"他开着丰田速霸或者其他还挂着俄亥俄州车牌的假跑车;这些车他保留了好多年,这是违反加州汽车管理法规的。有一次他因为超速行驶被警察截下,由于未持有效牌照而被传讯。加里将此事诉诸法庭,最后因警方无法证实他在此地的居住时间,无效牌照的指控被撤销了"。

在1989年洛马-普雷塔地震之后,韦布和《圣何塞信使报》的一个老记者皮特·凯里合作写稿。皮特·凯里曾凭借菲律宾独裁者马科斯倒台的联合报道而获得普利策奖。他们两个人一起写稿，揭露高速公路改造中的官僚式拖延如何导致了地震中悲剧的发生。他们以团体合作报道的形式，为《圣何塞信使报》赢得了那年的普利策奖。

  韦布和罗宾逊也有过合作，一起报道了加州州长皮特·威尔逊擅用职权，否决了对帮助过他参选州长的公司不利的法案。他们也曾联手报道来自圣何塞的民主党议员多姆·科特斯的故事。一位匿名信声称科特斯为加州的油漆和装潢承包集团通过了一项法案。该消息源说，作为回报，承包集团为科特斯家提供了免费粉刷服务。但是他们忘了告知科特斯到底是哪家承包商提供的免费服务。最后科特斯还是付了那次粉刷服务的钱，但是这笔钱又通过粉刷公司的退休基金，以荣誉演讲费的形式返回给了科特斯。

  罗宾逊和韦布认为，如果他们给当时为科特斯家提供粉刷服务的承包商打电话，承包商肯定会第一时间将此事通知科特斯，以便让他想出对策予以解释。所以两人双管齐下，罗宾逊采访承包商，韦布则采访科特斯。"承包商说漏了嘴，加里那边也采访到了科特斯，我们就写了那篇报道。"罗宾逊说。这是两人合作最精彩的一次。韦布在这篇报道中讨好地呼应了《克利夫兰实话报》的前同事,在总结部分写道,关于贪腐问题,加州的政客和中西部的政客比起来简直就如同小虾小鱼。"这是我们经历过的最欢乐的一次报道",罗宾逊说,"关于腐败,我唯一喜欢的,就是完全无能(毫无技术含量)的腐败"。

罗宾逊说,在他们一起合作的时候,韦布表现出来的文档处理能力令人称奇。"就像是天赋一般",罗宾逊说,"他能拿起一本200页的报道,迅速地浏览完,之后就能锁定可能存在重大疏漏的第63页的某一句话。如果文档中有任何被别人试图掩盖的内容,我从来都发现不了,但韦布每次都能找出来。单是看他那番检索寻找的过程都足以令人惊讶。他是一个特别出色的记者"。

韦布另一个迥然不同于其他记者的品质是,他以一种摩尼教徒的道德标准来看待这个他试图去改造得更好的世界。"他会迅速地在报道中锁定谁是好人谁是坏人。"罗宾逊说,"他不会花费太多时间再去质疑他的结论。现在回头想想,我觉得可以这样说,他有时在下结论时可能有些偏激了"。韦布自己也承认,和其他记者比起来,他特别能嘲讽编辑。他告诉罗宾逊,在《克利夫兰实话报》的时候,他总是带着相关文档资料走进编辑办公室,然后为稿件中的每一句话跟编辑们争辩。

对韦布来说,《圣何塞信使报》的编辑们看上去要求低得多。他感觉这里的编辑做的不过是检查他的文章结构和拼写错误。"韦布可能说得有点夸张了",罗宾逊说,"但是,回想起来,我忽然意识到,如果你作为一名记者,长期生活在与编辑的敌对状态中,假若你的文字大权过去一直牢牢被编辑把控,那么一旦有机会,你可能就会反弹得尽可能远。"

《圣何塞信使报》那些同意聘用韦布的编辑中,有一位叫做斯科特·何侯德,在萨克拉门托记者站就是他负责督导韦布的文章。他后来反悔,说如果早知道韦布在《克利夫兰实话报》就被人起诉过,他绝不会聘用韦布。"我当时并不知道他以前的官司",他说,"我们没有问过,他也没有告诉过我们;我们报社大概并没有对韦布在《克利夫兰实话报》期间的问题进行尽职调查"。

何侯德还说:"我实际上并不怎么喜欢韦布,他那时候并不招人待见。"何侯德回忆,报社的管理人员有一次勒令韦布缩短他的稿子,还附上一个要求记者们合作的备忘录,韦布却写了一篇"非常不友善的长篇回信",嘲笑上司写的那个备忘录。"他当时并没有一开始就告诉我这件事",何侯德说,"他就是个经常在背后惹事的捣蛋鬼"。

何侯德与韦布合作了一年。"那段经历极其痛苦。"他声称,"加里需要一位能力超群又作风严苛的编辑,我尽力了,但我觉得我不是最适合与他搭档的人选。我当时还只是个新入行的编辑,不知道应该要求加里打一些必要的电话,以确保稿子更加客观"。

何侯德说,一个典型的例子,是韦布关于当时的司法部长约翰·范德坎普的一篇稿子,此人正在如火如荼地竞选州长。通过申请公共记录,韦布找到了一组范德坎普一直以来拒绝起诉的案件列表。"韦布在他的报道中长篇大论,谈到这些范德坎普拒绝起诉的案件,中心要旨就是想说明范德坎普无能。"他说。

得益于那篇报道的发布时机,丹妮·费恩斯坦在1990年的民主党初选中打败了约翰·范德坎普。"如果我当时是一个更为胜任的编辑,我可能就会让他跟其他检控官谈谈了。"何侯德说,"加里骨子里并没有那种客观公平的特质,他就是一个十字军战士"。

在1994年,韦布写了一系列文章,报道加州车辆管理局未能成功翻新其大型主机老化的系统。在"黑暗联盟"风波中,《纽约时报》也将该系列报道视为另一个证明韦布片面性倾向的例证。这一系列文章涉及的主要内容是，加州车辆管理局在软件支出上花费数百万美元，试图解决传说中车辆管理局无法留存记录的问题。但改造后的软件未能明显地改善车辆管理局的数据库问题。韦布将车辆管理局这次行动的惨败结局归罪于受命编写软件的天腾电脑公司。他的文章暗示天腾电脑公司是有意将存有缺陷的软件出售给车辆管理局的。在韦布的报道发布后，天腾公司的创始人詹姆斯·特雷比格向韦布的编辑投诉这篇文章，并且买下《圣何塞信使报》两个页面的广告，发文逐条反驳韦布的报道。

另一个记者李·戈梅斯也开始对特雷比格的投诉展开调查。戈梅斯的调查发现，韦布的报道能看到的论点都将错误的根源指向天腾公司，但文章却读不出任何能显示存在其他可能原因的信息。戈梅斯说事实上天腾公司已经竭尽全力来编写软件，但由于一系列复杂而无法预知的技术挑战，软件未能成功运行。戈梅斯最后给韦布的编辑写了封备忘，说韦布的报道中有一篇文章"在所有的关键细节上都是错误的"。后来的一次国家审计也为天腾公司洗清了嫌疑，澄清天腾公司并非如韦布所言那样有意出售有缺陷的软件。

戈梅斯现在是《华尔街日报》驻旧金山的记者,他说当时写了一篇长篇报道,详细披露车辆管理局软件事件的来龙去脉,但是《圣何塞信使报》最终没有发表。他说,报社不发表的部分原因是他的那篇稿子既冗长又复杂。"但是从报社角度出发,报社想团结报社内部记者,从而维护报社的利益",戈梅斯坦言,"并且,发一篇针对本报社记者的驳文,对报社毫无益处"。

在这件事过去几年后,《纽约时报》曾针对天腾公司的争议采访过韦布。韦布说戈梅斯只是因为没有抢先发现那条新闻而嫉妒他。"每次他的报道被人质疑的时候,他总会对质疑者发出人身攻击,他也这样对待我。"戈梅斯说,"我认为他完全就是一个不诚实的记者;我并不怎么看重他,并且,我觉得他是记者的反面例子,他身上的品质恰恰是记者们不该有的"。

"加里很聪明,知道怎么去挖新闻,擅于利用公共记录做出精彩的新闻。"道恩·加西亚说。加西亚之前在《旧金山纪事报》做过调查记者。在何侯德1990年离任后不久,加西亚成为《圣何塞信使报》的国内版编辑;她现在是斯坦福大学专门为专业记者开设的约翰·S.奈特研究基金的副主任。加西亚说韦布像其他调查记者一样,都对自己的新闻充满了激情。"但有时他看不到其他观点的存在",她说,"我努力帮他摈弃他这些本能反应,这同样也是我作为他的编辑的职责之一。我很快发现他脾气不太好,报社有些编辑并不喜欢跟他一起工作。"

在那段时间,韦布在萨克拉门托记者站的日子看上去很煎熬。那年,他的女儿克莉丝汀的出生,加上与何侯德等一干编辑人际关系上的不顺,韦布首次表现出临床抑郁。"刚开始的时候症状还不算严重",苏说,"他只是有点喜怒无常,但是在克莉丝汀出生后,他开始变得特别抑郁。养一个孩子压力很大,况且我们还有两个儿子,一个当时两岁半,一个六岁。我们两个人都有些不知所措"。

为了摆脱抑郁,韦布带着全新的活力,全身心投入工作中。在加西亚的督导下,韦布做出了几篇令人印象深刻的大新闻,其中便包括1994年的"没收骗局",文章揭露了加州关于涉毒资产没收的法案允许警察没收嫌疑毒贩的房子和其他私有财产。在韦布的系列文章发表后,州立法人员废除了该没收法案。韦布因该报道获了"门肯奖"(H. L. Mencken Award)。

"因为加里从不在编辑部工作,所以他在那里并不出名",加西亚说,"而且,加里不太合群,在编辑部也没有很强大的人脉。但是，加里因为加州涉毒资产没收法案的报道获奖后，他的形象某种程度上又在报社复苏了"。

"没收骗局"那篇报道也算给韦布带来了意外收获。在1995年7月的一个下午，韦布在办公桌上看到一张粉色便条，上面留着一个女性读者科拉尔·巴卡的电话；她的男朋友是个名叫拉斐尔·科尔内霍的尼加拉瓜毒贩，也是韦布之前报道过的被没收项目锁定的毒贩之一。巴卡想让韦布写一下政府如何以虚假指控构陷她男朋友，然后没收并出售了他的房产。

韦布告诉巴卡，他觉得他的编辑可能不会对她的故事有太多兴趣。他已经写了不少关于加州涉毒资产没收法案的报道了。况且这次是一个已被收监的毒贩自称清白，他们不太可能喜欢这个故事。但正如韦布之后在1998年出版的著作《黑暗联盟》中所写的那样，巴卡很快让他改变了主意。韦布拨通的是一个他一辈子都在等待的电话，一个他在《克利夫兰实话报》的老朋友汤姆·安德热耶夫斯基每次拿起听筒时都会开玩笑说到的那种电话。

"在拉斐尔的案子上，我觉得有些事情你可能从未遇到过"，巴卡告诉韦布，"政府的证人之一，是一个曾与中情局合作销售毒品的人,而且还卖过不少;现在,那个人又为政府工作了"。

就这样,在韦布还未充分意识到的时候,他已经开始触碰"猛料"了。

第五章
毒品报道

科拉尔·巴卡爆料说跟中情局有联系的毒贩子将可卡因散布旧金山的大街小巷,这件事显得耸人听闻,让人难以置信。她提醒韦布,当地有一个阴谋论者声称掌握了秘密线报,老是跑到《圣何塞信使报》,口口声声要指控政府。每次报社来新人时,他都会找到对方"爆料"。办公室其他人则开始打赌那个呆头呆脑的菜鸟记者要多长时间才能完成这番屁话甄别测验,意识到被自己当成是可靠信源的家伙不过是个疯子。

但巴卡并不是在疯言疯语。她说的并不是某个杜撰的观点,她谈及的是一个跟她男朋友有关的具体的案例,而且还自称掌握了一堆法律文件和缉毒署的公共记录,可以证实案件中对她男朋友作不利证明的主要证人曾为中情局售卖毒品。

挂断电话后,韦布做了他每次都会在第一时间做的事情。他仔细检查了公共记录,试图发现任何可以追踪到巴卡所说事情的蛛丝马迹。他当时找到的第一份文档,是《旧金山纪事报》最新发表的一篇关于旧金山湾区联邦监狱一群逃犯试图越狱的文章。"昨天有四名囚犯被起诉,在他们想出的大胆的越狱计划中,他们打算依靠塑胶炸弹逃离位于普莱森顿的联邦监狱,并使用直升机将他们带到海边的货船上。"文章中写道,"来自拉法叶特的拉斐尔·科尔内霍,39岁,身背多项指控的可卡因大毒枭,据称跟尼加拉瓜毒贩和巴拿马洗钱集团有染,而他也是此次被控预谋越狱的数人之一"。

其他报道将科尔内霍描绘成一个美国西海岸大型贩毒集团的成员,该集团从哥伦比亚的卡利向加州贩卖了价值几百万美元的可卡因。韦布同意和巴卡见面并查看她手头的文件。她把科尔内霍的律师在调查时获取的一堆缉毒署和联邦调查局的报告交给了韦布。在这些文档中,有一份是1994年2月3日联邦大陪审团对科尔内霍所在的贩毒集团进行调查的文字记录。该记录包含了对科尔内霍作不利证明的政府方面主要证人奥斯卡·达尼洛·布兰登的证词,此人是一位尼加拉瓜流亡者,也是一名毒贩。

在尼加拉瓜1979年桑地诺革命后,时年27岁的布兰登逃离了尼加拉瓜。他的家庭是在索摩查家族独裁政权下兴盛起来的拥有土地的贵族。他在位于波哥大市的一所哥伦比亚大学拿到了市场营销学的硕士学位。通过家族关系,他为索摩查政权工作,为该独裁政权的警卫队提供来自美国的食品援助,并且管理一个自由市场性质的乡村发展项目,以此来提高商业种植园主们的产量,这些种植园主在过去几十年一直以铁腕手段掌控着尼加拉瓜。

自桑地诺革命后,这个中美洲的小国便不可避免要爆发内战。受古巴革命的激励,早在20世纪60年代,桑地诺主义者便组成了一支小型游击队,不屈不挠地反抗被广大群众所唾弃的独裁政权,因此逐渐受到来自各阶层尼加拉瓜人的广泛支持。然而,在桑地诺主义者夺取政权后,许多来自富人阶层与中产阶层的革命支持者开始有所不满,因为革命者要求重新分配社会财富,并且公开表达对卡斯特罗的钦佩。

布兰登就是那些逃往美国的成千上万富有的尼加拉瓜人之一,他们希望有朝一日重返家园时看到的是一个没有共产党掌权的"自由"国家。像许多逃亡者一样,布兰登也积极地支持尼加拉瓜反政府军这支致力于恢复尼加拉瓜"民主"的右翼游击武装。反政府军有美国中情局这样一个强大的盟友,这个盟友愿意与任何尼加拉瓜人合作,不管他们是否和有组织犯罪或者侵害人权行为有染。尽管实地报道尼加拉瓜内战的记者们都知道此事,但美国大众并不知道中情局跟尼加拉瓜反政府军那些施暴者和毒贩子之间的勾当。普通美国人听说尼加拉瓜反政府军,还是因为罗纳德·里根总统在一次电视新闻发布会中谈到过他们,称他们是有着美国开国元勋精神的"自由主义战士"。

在他对拉斐尔·科尔内霍的证词中,布兰登宣誓陈诉,说他在到达美国后不久就成为一名毒贩;他用赚来的钱为尼加拉瓜反政府军购置车辆和其他物资。但很明显,在反政府军已经不需要他提供支持时,他依然继续着贩毒交易,而把赚来的利润留给了自己。韦布读完39页大陪审团的调查记录后,发现科尔内霍其实并不是陪审团正在调查的贩毒集团的头目。他注意到记录中反复提到某个尼加拉瓜"家族",但每次公诉人问及布兰登那个方面的问题时,他的回答都被政府审查人员涂掉或删除了。

韦布后来写道,他曾问过巴卡,布兰登当时谈到的到底是哪个家族。"拉斐尔说那是梅内塞斯家族,也就是诺文·梅内塞斯和他的侄子们。"巴卡说,"诺文是美国西海岸最大的毒品走私贩之一。拉斐尔被捕的时候,联邦调查局和国税局想和他谈论的正是诺文这个人"。出于好奇,韦布参加了旧金山联邦法院为科尔内霍举办的数个听证会之一。但是,布兰登作为诉讼的主要证人竟然没有出现。在听证会中场休息时,韦布来到联邦检控官大卫·霍尔跟前,询问布兰登人在何处。据韦布讲,霍尔当时回答说自己也不知道。

一筹莫展之中,韦布回到萨克拉门托记者站的办公室,然后拿起电话,打给他的上司——《圣何塞信使报》国内版编辑道恩·加西亚,将科尔内霍的案子告诉了她。加西亚之前做过调查记者,她想起早在20世纪80年代就听过中情局跟尼加拉瓜反政府军有染的消息。她对此颇感兴趣。韦布告诉她,布兰登早在几年前就已经在圣迭戈被捕了,所以他想向报社申请去一趟圣迭戈,看看是否找得出能了解到此人更多内幕的法庭记录。加西亚同意了他的这次出行。"加里第一次向我谈到后来那个成为'黑暗联盟'系列报道的新闻故事,听起来非常有趣。"加西亚说,"我当时便赞同他应该去调查一下"。

除了加西亚,唯一知道韦布此次采访行动细节的是他的妻子。作为一名持有执照的理疗师,苏从未对韦布讲述的那些利欲熏心的官员腐败故事产生过厌倦。在他整个新闻职业生涯中,每次晚餐时间,她总会问他有什么最新的发现。但当韦布告诉她涉及中情局和毒品的故事时,她惊呆了。"我觉得那是我一生中听过的最疯狂的事情",苏回忆,"无论如何,当韦布弄到所有的文档,然后将所有的疑点串起来后,我觉得这一切太令人惊讶了"。

几天后,韦布乘飞机来到圣迭戈。他在联邦法院找到了布兰登的审讯记录。布兰登和他妻子及其他五位嫌犯一起被捕,罪名是涉嫌合伙出售可卡因。布兰登看起来就像一条大鱼;据起诉状所述,他每次批量购买可卡因,然后再出售给其他大毒贩。在众多记录中,韦布发现其中一份是布兰登的公诉人、联邦助理检控官 L. J. 奥尼尔提交的动议,内容是反对布兰登保释出狱的请求。

"布兰登的家族和 1979 年被推翻的索摩查政府存有密切的联系",奥尼尔声称,"他还是一位大毒贩,不仅贩毒规模大,而且是个老手"。奥尼尔在动议中还指出,布兰登和另一个尼加拉瓜人——索摩查警卫队前指挥官杰罗·梅内塞斯——要为 1991 年在尼加拉瓜查获的 764 千克可卡因负责。1990 年桑地诺政权被民众投票赶下台之后,他们两个人还在尼加拉瓜开设了自己的酒店和赌场。

"梅内塞斯!"韦布立刻认出这个名字,巴卡之前提及正是此人身居幕后,与她男朋友拉斐尔·科尔内霍的贩毒团伙关系密切。

布兰登的律师布拉德利·布吕农并未否认他的当事人与索摩查政权的关系。为了使布兰登的保释请求能够被裁定通过,他在庭审中展示了一张在布兰登婚礼宴席上与索摩查及其妻子的合影。布吕农争辩道,布兰登与索摩查的关系可以证明,现在对布兰登的指控"是出于政治动机,是由于布兰登在20世纪80年代早期与反政府军有染而提出的"。

从法庭记录上可以看出,布兰登和他的共犯从未被审判过。取而代之的是他们接受了可以给予他们相对轻判的认罪协议;布兰登被要求在监狱服刑48个月,但文档显示刑期后来减半,估计是因为布兰登随后又有检举告密的行为。韦布接着读卷宗,发现布兰登已经出狱了。按政府所承认的说法,布兰登是一个有着数十年贩毒史的大毒贩,却只在监狱服刑短短28个月。

回到萨克拉门托,韦布开始调查诺文·梅内塞斯,巴卡的男朋友科尔内霍将其认定为他所在的贩毒网络的头目。韦布很快从《旧金山纪事报》和《旧金山观察家报》报道的文章中发现,梅内塞斯在整个20世纪80年代一直为反政府军从事贩毒交易。有一篇报道将梅内塞斯称做"尼加拉瓜可卡因之王",他充当卡利贩毒集团从中美洲向美国走私毒品的联络人。另一篇文章提到,他的名字甚至在美国参议院20世纪80年代针对反政府军和贩毒交易的相关调查中出现。

韦布来到图书馆,在那里花了几天时间,研读大约1 100页的文字记录和文件证物;这些材料都来自美国参议院毒品与恐怖主义小组,该小组更为人熟知的名字是克里调查委员会。在马萨诸塞州参议员同时也是民主党总统候选人约翰·克里的领导下,参议院外交委员会下的这个小组于1987年和1988年期间耗时近两年,调查那个流传甚广的指控,即获得中情局撑腰的尼加拉瓜反政府军在美国大地上从事贩毒交易,以赚钱维持他们在尼加拉瓜的活动。

克里找到了巴拿马独裁者曼纽尔·诺列加暗地里支持反政府军,以及与哥伦比亚毒贩有联系的证据。克里发现的这些证据,在两年后被派上用场,成为美国入侵巴拿马的借口。记录中有许多来自反政府军领导、毒贩和飞行员的证词,所有的证词都宣过誓,证词中坦白他们曾用中情局的载货飞机上从美国秘密走私武器到中美洲，然后再载着可卡因运回军事基地或者地处偏远的机场。

然而，因为内容的敏感性，小组委员会密封了大多数证词，克里的调查内容只有极小部分在全国新闻媒体上传播。因为"伊朗门"事件揭露了太多的官员不当行为，尽管克里试图想要继续深入调查贩毒集团与中情局甚至是里根政府的关系，却未能得到政治上的支持。

韦布致电克里的首席检控官、华盛顿律师杰克·布鲁姆，问他是否曾参与过诺文·梅内塞斯的调查。布鲁姆记得那个名字。在1998年的《黑暗联盟》一书中，韦布写道，布鲁姆告诉他，里根政府的司法部阻止了克里对梅内塞斯的调查，克里最终不得不转移调查目标。"美国西海岸有很多怪事发生"，布鲁姆说，"但是司法部干涉之后，我们只好将注意力转至流入美国东部的可卡因"。

韦布记得他在1987年"伊朗门"事件听证会期间一直紧盯着电视。据苏说，韦布在工作的时候把听证会录下来，然后每晚研究，甚至看到凌晨。在一次和他的朋友，也是《肯塔基邮报》的前同事汤姆·洛夫特斯到北卡罗来纳州外滩群岛游玩的家庭度假期间，韦布完全没出现在海滩上，一直待在租住的小木屋里饶有趣味地观看海军中校奥利弗·诺斯面对全国电视台接受法官审判的场景。但是，韦布并不记得在任何电视台或者报纸上看到有关武器和毒品在美国和中美洲之间往来走私的新闻。

在近来的一次采访中，布鲁姆说，韦布当时之所以看不到什么关于尼加拉瓜反政府军贩毒问题的新闻，是因为当时根本没有人对此予以报道。"通常我们在一天的听证会结束后，白宫就会把记者召集来，告诉他们'这些人完全在说疯话，不要听信他们"，然后基本上媒体就信以为真了。"他说，"新闻报道做得很糟。它把焦点集中于因为证人都是毒贩，所以他们不可信。我过去经常对那些问我为什么找这些'怪人'作证人的家伙说，'毒品在迈阿密卸下的时候，给我带一个路德宗牧师到现场，然后我会给他打电话，让他作证人'。没办法，这些家伙是我们唯一的证人"。

调查过此事的几个记者中，有一个是美联社的罗伯特·帕瑞，因为里根政府官员及其盟友通过新闻媒体（尤其是右翼的《华盛顿邮报》）对其可信性大肆攻击，他最终辞职。《纽约时报》的特约记者玛莎·哈尼整个20世纪80年代都住在哥斯达黎加，也就此事做过一些报道。而在试图证明中情局和毒品走私有染时，她和她丈夫托尼·艾维甘惨遭构陷，被虚假的涉毒罪名指控。

韦布后来写道，他在弗吉尼亚州亚历山大市的家里给帕瑞打电话，声称已挖到关于布兰登和梅内塞斯的信息。"你为什么偏偏要重新追查这件事？"帕瑞问。韦布想知道帕瑞是否曾听过尼加拉瓜反政府军在美国西海岸毒品交易的任何消息。"倒不是因为我了解此事"，帕瑞说，"但这绝对是一个新角度，你觉得你能证明毒品一直是在洛杉矶被卖掉的吗？"

帕瑞现在是一名自由调查记者，有着自己的在线杂志《联盟》。他还记得韦布当时打来电话的场景，而且一直以来对韦布的发现印象颇为深刻。"我和布赖恩·巴杰尔一起发现了尼加拉瓜反政府军的外部贩毒交易"，他说，"但是，我们从不知道内部究竟是如何运作的，以及毒品一旦到达美国后究竟去了哪里"。

帕瑞和巴杰尔两人对尼加拉瓜反政府军从事毒品走私活动的揭露，可能比其他记者做的都多。在1985年，他们写的第一个系列报道，揭露的是当时还不知名的海军中校奥利弗·诺斯帮助里根政府向尼加拉瓜反政府军秘密输送武器。当年，他们也曝光了一份中情局的备忘录，或者说是"美国国家情报评估"，上面显示中情局已经得知尼加拉瓜反政府军参与毒品交易活动,却没有采取任何行为加以制止。

　　这篇报道差点没发出去。帕瑞的编辑告诉他,他从中情局内部找人来证实那份备忘录的真实性之前,稿件将被暂时搁置。但同时,那篇稿件已经被发至美联社拉丁美洲分社,被译至西班牙语。也正是从那里开始,稿件在整个西班牙语世界的报纸中广为传播。而当帕瑞的编辑听说此事后,只好极其不情愿地允许发布相应的英文版报道。

　　也正因为他们的报道,帕瑞和巴杰尔都受到了来自里根政府的人身攻击。他们离开了美联社。帕瑞最后加盟《新闻周刊》,但周刊的编辑对帕瑞先前的报道并不待见;周刊的总编还曾告诉帕瑞的上司,他有一次和白宫的一位高官共同参加一个晚宴,正是因为帕瑞的报道,他和那位高官"相处得十分不愉快"。尽管大多数的压力都来自政客,但帕瑞说他的记者同行为打压他们也做了些不光彩的事情。《纽约时报》和《华盛顿邮报》实质上直接忽略了他的报道,而且《华盛顿邮报》还公开奚落此篇报道。

　　"最具攻击性的抨击来自于我们的媒体同行",帕瑞说,"先是《华盛顿邮报》出来,声称我们的报道已经被反驳过,之后各家主要媒体开始一拥而上,把驳倒我们的文章看成是自己肩负的使命"。奇怪的是,在韦布的报道发出之后,主流报纸都装作他们已经揭露过此事,且中情局也已承认尼加拉瓜反政府军确实参与了毒品走私活动。"但是,当年在他们忙着将参议员克里嘲笑为'兴奋的阴谋论痴迷者'时,他们可并不是这么报道的。"帕瑞说。

所以,在事情过去将近十年后的一天,韦布打电话告诉帕瑞,他有兴趣接着挖一下中情局与尼加拉瓜反政府军的稿子,帕瑞当时便试着告诫他。"我问他和编辑们的关系如何。"帕瑞说,"他问我是什么意思,他看起来确实不明就里。我告诉他,'你会受到激烈地反击,因为每个写过此事的记者都曾遭到攻击'。加里随后便说他跟他的编辑关系很好。他太天真了,完全不知道他将启程的道路通向何方,而同事们又将如何对付他"。

玛莎·哈尼现在是华盛顿自由派智库"政策研究协会"(IPS)的研究员,她同样对尼加拉瓜反政府军从事毒品走私的往事并不陌生。她的丈夫托尼·艾维甘是一个自由摄影师,1984年5月,前桑地诺主义者、大名鼎鼎的"零号司令"伊登·帕斯托拉在哥斯达黎加的拉彭卡举行的新闻发布会上,艾维甘因炸弹爆炸受伤。帕斯托拉在尼加拉瓜革命成功后不久就改旗易帜,成立了他自己领导的反政府武装力量。在新闻发布会上,他宣布将不再接受美国中情局的资助。就在帕斯托拉讲到半途,一枚炸弹在人群中引爆了。

帕斯托拉在事故中幸免于难,而哈尼则开始为《纽约时报》调查此次袭击。她深信这是与"零号司令"对立的某一派尼加拉瓜反政府武装力量所为,其背后的支持者是中情局。在她调查的过程中,哈尼意外发现尼加拉瓜反政府军秘密活动在一个广阔的农场上,该农场的拥有者是约翰·赫尔,一位侨居在哥斯达黎加与尼加拉瓜边境交界处的美国人。哈尼的消息源告诉她,赫尔和一群古巴裔美国人利用他的农场作为中转基地,帮助中情局为尼加拉瓜反政府军供应武器。

"我们早就知道运送武器的事情,但却是头一回听说还在运送毒品",哈尼说,"很明显,在这个哥斯达黎加农场运作着整个运输网络。农场上有为飞机设置的秘密起落跑道,供整个地下网络转移武器、人员以及毒品。飞机运来供给品,然后运走毒品。显然,毒品是尼加拉瓜反政府军运作的一个中心环节"。

在1985年,哈尼聘用丹尼尔·希恩做她的律师;希恩是一位富有改革精神的律师,五年前他和妻子萨拉·尼尔森,以及神父小威廉·戴维斯创立了从事公益诉讼的律师事务所 Christic Institute。这家机构不仅赢得了公众的赞誉,甚至还为一部好莱坞电影提供了素材。在拉彭卡爆炸案中,希恩开始整理哈尼和艾维甘已经发现的赫尔及其同伙(也就是他们所确信的爆炸事件幕后主使)的信息。最有意思的证据是杰克·特雷尔提供的,他是罗布·欧文的手下,而罗布·欧文是在美国国家安全委员会里直接向奥利弗·诺斯汇报工作的人。特雷尔后来在一次国会听证会上告诉希恩,他亲眼看到赫尔在哥斯达黎加与帕斯托拉的一个竞争对手见面时承认炸弹是他安排的;帕斯托拉的那个竞争对手名叫阿道夫·卡莱罗,是尼加拉瓜反政府军的头目,也是中情局的秘密线人。

但是,在希恩看来,该证词只是一个更大谜团的一小部分。希恩觉得恰恰可以利用拉彭卡爆炸案来揭露那个他认为活动在中情局和美国政府边缘的秘密小组,甚至可以将这个秘密小组的活动追溯到美国 1961 年入侵古巴失败的猪湾事件,以及对老挝发动的秘密战争。在 1986 年 5 月,希恩对赫尔、奥利弗·诺斯以及作为"伊朗门"事件中密谋者的几个里根政府官员,以策划爆炸事件过失致艾维甘受伤的名义提起诉讼。

就在希恩提起诉讼不久,哈尼和艾维甘接到一份来自哥斯达黎加邮局的通知,说在海关处有一个他们的包裹。他们两人就派了管家去取包裹。那天夜里稍晚些时候,几个便衣警察闯入他们家,然后以涉嫌持有毒品为由逮捕了他们。包裹里是一本中间掏空的书,里面塞满了可卡因,还有一封所谓的桑地诺头目的便条,上面写着"亲爱的托尼和玛莎,这里面是从哥伦比亚寄来的供您测验的最新样品,如果您认为质量优质,我们可以从迈阿密运送一吨过来,到时候接收人会写为参议员克里。"

哥斯达黎加当局调查了涉案毒品的运输路线之后,确定这是一起栽赃陷害,目的在于诋毁那两位遵守法律的记者的声誉,指控也随之撤销。但同时,哈尼诉讼中的一名证人被杀害,另外两位证人也接到了死亡威胁,不得不逃离美国。庭审的情况也同样不太乐观。法官詹姆斯·L.金裁定希恩享有"发现权",即允许其查看与爆炸案相关的政府记录,更重要的是,可以有权让里根政府官员提交证词。

希恩兴奋地收集着预料之外的宣誓证词,但在兴奋过后,又生出些疑惑,到底这起诉讼和拉彭卡爆炸案有什么关系?随后的两年间,他们又提出了听起来似乎愈加疯狂的指控，法官最后驳回了此案。希恩对法官的裁决提出上诉，最终失败了，并被要求支付被告方诉讼费用共计1 034 381.35美元。艾维甘夫妇和其他几个记者后来又重新调查了拉彭卡爆炸案，得出的结论是中情局极有可能和爆炸案无关。他们发现真正该为爆炸案负责的是一个后来闯入他们视野的阿根廷人，此人似乎和桑地诺政权存在关联。

尽管现在哈尼承认她之前将赫尔或者他在里根政府里的同伙错误地看成了爆炸案的幕后推手，这个错误使得整个诉讼都站不住脚，但她依然坚持认为希恩败诉的原因是他痴迷于挖掘一个二十年前或者更久远且涉及面极广的政府阴谋：中情局官员和他们的私营部门的同盟者控制着影子政府，也正是由他们秘密在背后牵线，操控着美国的外交政策。关于这起诉讼以及对希恩的评论如是说：哈尼太天真了，或者她的律师早已和法官串通一气，只是在法庭上演个闹剧而已。但没有人比哈尼本人对希恩的批评更猛烈。"希恩是一个非常、非常差劲的律师"，她说，"在我们发现桑地诺政权涉足此事的时候，我们才意识到已经因为希恩浪费了数百万美元，以及十年的光景"。

2000年的一次采访中，对于拉彭卡爆炸案引发的这场官司,希恩表示支持其结果。他告诉我,当时是哈尼和艾维甘声称中情局应为爆炸案负责,并不是他这么说。"无论如何,哈尼的看法从未被证实是对的",他说,"尼加拉瓜的司法部长说他调查了整个案子,并且认定投掷炸弹的人与我们指认的那个与约翰·赫尔见面者是同一人。玛莎在败诉一年多后才改变了她对爆炸案的想法。所以,这怎么能归咎于我做错了什么?"

在韦布和哈尼交流的数日间,巴卡给韦布打来了电话。她说科尔内霍律师已经成功获取了布兰登在大陪审团所作的证词中未被审查删节的文档。但政府并不配合,已将布兰登从证人名单中剔除出去。就在韦布以为他再也找不到布兰登的时候,他接到了在圣迭戈结识的一个女律师打来的电话。她说布兰登将出席作证,对她的委托人作不利证明;她这位委托人是一位尼加拉瓜人,几年前曾在圣迭戈和布兰登有过交易。

这位律师还告诉他,洛杉矶市中南区史上最大的"快克"贩子之一即将受审,届时布兰登会被传唤作证。那位毒贩就是外号"高速公路"的里基·罗斯。韦布在调查加州涉毒资产没收法案的时候听过那个名字。罗斯并不识字,但极其聪明,他父亲是得克萨斯州一位农民,虔诚地信仰上帝。他们住在一个木板搭建的窝棚里,父亲以为罗斯将来也会和他有着相同的命运。

但罗斯却不这么认为。搬到洛杉矶之后,罗斯在中学变成了一个网球神童,不过,他的教练发现他并不识字之后便取消了他的奖学金。面对着已无利可图的职业前景,罗斯利用他在"瘸子帮"这个洛杉矶市中南区规模最大也最为暴力的犯罪集团里的朋友关系,将自己打造成该区域最成功的"快克"贩子。罗斯说话温和,但不择手段,一心要改变他农民出身的草根命运,因而显得久经世故且残酷无情。在一开始贩毒的时候,他就把赚到的钱拿来投资整个洛杉矶高速公路沿线的房地产,"高速公路里基"这个绰号正是由此而来。

直到1994年,好运没有再眷顾罗斯,他因为贩卖"快克"在得州被捕。而这样一来,在某种程度上他也成了洛杉矶的传奇。同年12月20日,《洛杉矶时报》发表了一篇长达2400字的人物特稿,将罗斯认定为洛杉矶整个城市"毒品传播的关键人物",堪称"快克之王"。那篇文章的作者是《洛杉矶时报》的特约通讯员杰西·卡茨,他在罗斯从监狱获释后登门拜访。罗斯和卡茨一起来到得州罗斯出生的那个小乡村;罗斯当场流了泪,告诉卡茨他决心痛改前非,抛弃罪恶的过去,以后要凭借自己的经商才能在洛杉矶做合法生意。

据韦布的律师朋友说,布兰登在20世纪80年代期间一直是罗斯的毒品供应商。罗斯在1995年3月出狱后,布兰登找上门来,恳求他帮忙卸载一大宗可卡因。罗斯同意将价值100万美元的可卡因接下,然后存放在圣迭戈百货公司的停车场。但罗斯并不知道布兰登那时已经成了缉毒署的有偿线人,负责帮助政府安排"反向诱惑侦查",也就是供应商构陷其接头人的戏码。

韦布立即给罗斯在比佛利山的律师艾伦·芬斯特打电话,问他关于布兰登的事情。起初,芬斯特并不知道韦布所指的人是谁,但在韦布自称听说"达尼洛"·布兰登过去一直是罗斯的供应商时,芬斯特倒抽了口气,明白了他是在说谁。罗斯只知道布兰登的名,也就是"达尼洛",这种现象在非法毒品交易多疑的氛围中屡见不鲜。

几小时后,罗斯从圣迭戈的大都会拘留中心给韦布打来电话,在审判前罗斯都会待在那里。在他的书中,韦布透露,他在与罗斯的电话中刺探到了关于他朋友达尼洛的信息。"他几乎就像我的教父一样",罗斯说,"他是那个让我的整个毒品交易运作起来的人"。韦布追问,布兰登是不是他主要的可卡因供应源。"是的",罗斯给出了肯定的答案,"我认识的所有人都是通过他认识的,因此,实质上可以认为他是我的唯一货源。在某种程度上,他的确是"。

韦布飞到圣迭戈去与芬斯特和罗斯见面,两人都对布兰登在证词中说的为尼加拉瓜反政府军筹钱的事情丝毫不知。"假设我告诉你他一直以来都在为尼加拉瓜反政府军工作,通过出售可卡因来帮他们购置武器和供应品,你会怎么说?"韦布问。"我会说那是些见鬼的屁事",罗斯紧张地傻笑着,"他们说我到处卖毒品,但是,伙计,我知道他卖的毒品比我多十倍都不止"。

在1995年12月,韦布汇集了他的各种笔记和文档记录,写成了一份四页长的大纲交给编辑,里面梳理了他的各个发现,这件事在三年之后《黑暗联盟》一书中也提到过。"该系列报道将描述洛杉矶街头帮派的毒品倾销如何成为中情局秘密支持的立场反共的尼加拉瓜反政府游击队的强大后援",韦布写道,"尽管有可靠却又在很大程度上被忽略的证据表明,中情局、尼加拉瓜反政府军及毒品之间存在关联,却没有人问过这个问题:'所有的可卡因一旦到达美国大地后,到底去了哪里?'现在我们知道这个问题的答案了"。

韦布希望这一系列的文章能在 1996 年 3 月发表,届时恰逢罗斯因涉足"快克"交易被指控而出庭接受联邦陪审团审判,此举的效果仿若"三振出局",将可能使罗斯面临终身监禁。他申请飞往迈阿密去采访布兰登的一些同伙,然后再去尼加拉瓜采访被关押在马那瓜一个监狱里面的诺文·梅内塞斯。

"我记得正是在我的上司,时任执行编辑戴维·亚诺德的要求下,加里才来到编辑部和我俩见面。"道恩·加西亚说,"亚诺德读了韦布的采访提纲,他非常喜欢整个新闻的基调,还说他想直接参与进来,说我们应该通过他来做这个稿子。同时,本该负责督导这一项目的人并没有被邀请来参加那次碰面。"那个没被邀请的人是乔纳森·克里姆,他当时是统辖各个调查项目的执行编辑助理,其分内职责就是对复杂的新闻调查系列报道进行后期编辑。据《圣何塞信使报》内部的消息来源,亚诺德和克里姆彼此都不喜欢对方,克里姆觉得亚诺德不称职,而亚诺德认为克里姆太自大。他们相互之间的憎恶将给"黑暗联盟"系列报道带来灾难性的后果。

正如韦布后来在书中写的那样,加西亚和亚诺德都对他的发现特别好奇。"亚诺德读着采访提纲，摇摇头，然后咧嘴大笑"，韦布写道，"他说，'故事太精彩了，这稿子你多长时间能够完成？'"韦布要求去中美洲一段时间，增加一些采访，只要一回来就立即开始写稿。亚诺德同意了他的这次出行。

韦布在尼加拉瓜与一位瑞士记者戈尔格·霍德尔一起工作，他也是先前那位在中美洲有十多年新闻报道经历的记者玛莎·哈尼的朋友。韦布与霍德尔合作采写报道，而霍德尔之前又曾在哈尼和艾维甘的官司中被这对夫妇聘为调查员，所以，后来韦布的批评者们基于此而抨击"黑暗联盟"系列报道不过是十几年前那番阴谋论的老调重弹。在霍德尔的帮助下，韦布乘飞机来到马那瓜，试图采访四年前因向美国走私750公斤可卡因而被捕的梅内塞斯。

跟布兰登不同的是，梅内塞斯非常乐意接受采访。他代表尼加拉瓜反政府军自豪地回忆起他们的工作。他说跟索摩查政权前军事武官恩里克·贝穆德斯在洪都拉斯丛林的一个反政府军营地见面后，他同意为反政府军在1982年或1983年筹钱。贝穆德斯秘密为中情局工作，是中情局精心挑选的一个游击队组织"尼加拉瓜民主力量"

的领导,该组织是当时反政府军派系中规模最大也最有组织的一支。贝穆德斯的得力助手是里卡多·劳,此人曾是索摩查政权国民警卫队的情报人员,和萨尔瓦多暗杀队创始人罗伯托·德奥布伊松有联系,后者是1980年萨尔瓦多主教奥斯卡·罗梅罗被刺杀的主要嫌疑犯。

韦布拿到了一张梅内塞斯的照片,是后者和中情局的亲信,同时也是尼加拉瓜反政府军头目的阿道夫·卡莱罗在一次旧金山筹款活动上的合影。在洪都拉斯,梅内塞斯声称贝穆德斯任命他为"尼加拉瓜民主力量"驻加州的情报和安全负责人。"没有人(在加州)可以在不经我知晓和批准的前提下加入'民主力量'。"他说。梅内塞斯也追忆了他在加州北部的几处住所,说他如何在整个旧金山湾区拥有自己的多家酒店、酒吧、停车场和工厂。"我甚至开着我自己的车,以我的名字为注册商标的车。"他说。

韦布很吃惊。光是他手中收集的缉毒署记录,便显示自从1974年以来,美国政府对梅内塞斯的独立调查多达45次,但梅内塞斯却一直在美国做着自己的生意,过着奢侈的上流生活,似乎完全不受影响。他从没进过监狱一天,甚至没被逮捕过。韦布后来写道,一个报关代理人调离旧金山前,在1980年调查过梅内塞斯;五年后,他重新调回旧金山的时候,梅内塞斯还在那里做生意。"我和一些人见面时,又听见梅内塞斯的名字",这位报关代理人说,"我还记得当时心想,'哇,天哪,这个家伙还在为非作歹'"。

在韦布看来,很明显,梅内塞斯一直待在美国,过着幸运又富足的生活——或者说,美国政府之所以未能成功处置梅内塞斯——更可能是因为他和尼加拉瓜反政府军之间存在的关联。然而,1992年梅内塞斯在尼加拉瓜接受审判期间,他与反政府军的这种关系却反过来又害了他。恩里克·米兰达之前是尼加拉瓜军事情报官,也一直是梅内塞斯贩毒集团在哥伦比亚的秘密联系人,他承认毒品罪的指控,并且同意配合打压梅内塞斯以换取轻判。

在一份给陪审团的书面声明中,米兰达指控梅内塞斯利用贩毒收益为尼加拉瓜反政府军提供资金。"正如诺文告诉我的,这次行动是与萨尔瓦多高级军事官员一起合作进行的。"米兰达说,"他们会见了萨尔瓦多的空军官员,这些官员先是乘飞机到了哥伦比亚,之后又去了美国,在得克萨斯的一个空军基地停了下来,诺文就是这样告诉我的"。韦布采访梅内塞斯时,他拒绝回答米兰达的指控。之后韦布和霍德尔又要求采访米兰达时,他们发现米兰达在周末休假后不见踪影。更奇怪的是,直到韦布来造访米兰达,他的狱友都没有将他失踪的情况上报。

但是,这些挫折并没有挫伤韦布的一腔热情。尽管他想趁罗斯在洛杉矶受审期间将报道发出去,但他很快意识到,如果能让布兰登出席作证,对于作为调查记者的他来说将是一个绝佳的机会。布兰登不仅要回答问题,而且他的证词都是宣过誓的。所以,韦布就给罗斯的辩护律师艾伦·芬斯特列了一串问题,目的是让布兰登在回答这些问题时尽可能透露出更多的信息,包括他与中情局的关系、他在资助尼加拉瓜反政府军事件上充当的角色、他与梅内塞斯的关系,以及 20 世纪 80 年代期间他的贩毒规模。尽管手段难言正统,但是韦布投机取巧的策略却得到了报社编辑的衷心支持。他们觉得这正是接近事实真相所需要的胆识,也是让布兰登这样不配合的阴谋者在报道中承认其重要作用的唯一方法。

布兰登穿着一身深色西装外套,戴着飞行员墨镜来到法庭。起诉罗斯的是联邦助理检控官 L. J. 奥尼尔,先前也是他将布兰登送入监狱。在法庭上他竭力阻止芬斯特盘问布兰登关于其与中情局或梅内塞斯的关系,但是其他问题却允许追问。在证人席上,布兰登说他是通过一个大学同学,即另一个尼加拉瓜反政府军活跃分子而认识了梅内塞斯,当时这位老同学让他去洛杉矶接梅内塞斯。

"我开车接了他,然后他告诉我说,我们必须筹集一些钱送到洪都拉斯去。"布兰登在证人席上说,他承认梅内塞斯和恩里克·贝穆德斯见面讨论为反政府军筹款的事情时他也在场。"俗话说,只要目的正当,可以不择手段。"布兰登说,"那也是贝穆德斯在洪都拉斯告诉我们的话,知道吗?于是我们就开始为尼加拉瓜反政府军筹集活动资金"。

一回到旧金山,布兰登说梅内塞斯就将做可卡因生意的本事倾囊相授,还给了他两公斤可卡因、几个洛杉矶客户的名字,以及一张往南去的单程票。"梅内塞斯每周都在催我",他说,"因为我不知道怎么操作,所以两公斤的可卡因我花了三四个月才卖掉。在那段时间,两公斤在我看来太重了"。

但布兰登的确是一个市场营销的老手,尽管他在宣誓证言中不太想去承认这一点。他很快就意识到,想大批量地卖掉可卡因,最简单的办法就是找别人帮他卖。布兰登不能确定到底是1982年还是1983年,他找到了绰号"高速公路"的里基·罗斯。他们两个人一直通过中间人合作销售,但当布兰登发现罗斯有着巨大的销售潜力后,他们在接下来的几年合作得更加密切。一切进展顺利。直到1986年10月27日,联邦调查局、联邦国税局、当地警方和洛杉矶县治安官突击搜查了跟布兰登毒品交易存在关联的十几个窝点。此前韦布按照《信息自由法案》的要求,向国家档案部门申请查看特别检控官劳伦斯·沃尔什1987年对"伊朗门"事件的报告,因此他已经拿到了1986年联邦调查局关于那次突击搜查的报告。

那次突击行动的搜查令显示,洛杉矶县治安部门当时就已知道布兰登的活动跟中情局支持的尼加拉瓜内战存在关联。"达尼洛·布兰登是加州南部一个复杂的可卡因走私和销售组织的负责人。"它上面写道,"贩卖可卡因所得利润被运至佛罗里达,然后在佛罗里达的几个银行进行洗钱活动。这些从银行中非法转移的款项最终流向尼加拉瓜反政府军,用于为这支游击力量在尼加拉瓜内战中购置武器"。

布兰登和他的妻子,以及他们的几个尼加拉瓜同伙,都以涉及走私毒品和武器的相关罪名被逮捕。那天没有被逮捕的是罗纳德·李斯特,此人是加州拉古纳海滩一位退休的警探，在新港滩开有一家保险公司，他在洛杉矶通过右翼的反政府军后援圈子的人见过布兰登。布兰登在罗斯庭审的证词中说，李斯特一直为他提供武器，以及诸如警方扫描仪之类的先进安保设备，他当时还将警察扫描仪卖给了罗斯和其他几个毒贩。

但是警方搜查李斯特家时，并没有发现任何毒品。根据警方的一次搜查报道得知，李斯特声称他知道自己一直都被监查。他还告诉警方，他为中情局工作，而中情局并不乐意看到他被警察骚扰。他甚至还拿起电话，威胁说要打给他在中情局的一个名叫斯科特·威克利的联系人。韦布找到的另一份联邦调查局报告显示，布兰登的律师布拉德利·布吕农曾经打电话给县治安部门，声称中情局对布兰登的活动一直持纵容态度。

在1996年的采访中，布吕农告诉韦布，1986年那次突击搜查并逮捕布兰登后不久，他就见到了李斯特。布吕农说，李斯特当时"恐吓他"，而且他不确定李斯特是一直在调查布兰登抑或只是跟他在生意上合作。"那一刻感觉脖子后面的寒毛都竖起来了"，布吕农说，"我从来都不知道他真正的角色是什么。我的意思是，他曾经隐晦地暗示他是中情局的人。但是，他就算不是个宣誓特工，也差不多是正式雇员了,多少有些像是侦探"。

韦布一路查到李斯特的前上司,即拉古纳海滩警察局负责人尼尔·珀塞尔,他在几十年前便以持有大麻罪逮捕蒂莫西·利里而声名大噪。"在我看来,李斯特就是一个喜欢玩弄他人心理,善于说谎、算计、操控别人的家伙。"珀塞尔这样评价李斯特,"他经常闪烁其词,喜欢游走于法律的边缘。他是这个世界上最能吹牛胡扯的人"。

珀塞尔告诉韦布,李斯特离开警察局后,曾为一些富有的伊朗人提供安保设备。另一个名叫克里斯托弗·摩尔的前拉古纳海滩警官声称,李斯特在1982年聘用了他,他和李斯特还一起到萨尔瓦多拜会了一个名叫罗伯托·德奥布伊松的潜在客户,之后见了萨尔瓦多的右翼暗杀队。"那可能是那段时期我人生的亮点吧",摩尔告诉韦布,"几天前我还是美国一个县警察局的预备警官,而那一刻我却在圣萨尔瓦多市中心的办公室里,坐在我桌子对面的人是萨尔瓦多暗杀队的老大。他的枪就放在桌子上,办公室的窗户也全用文件柜挡着,这样就没人能用枪打透了"。

对韦布来说,李斯特和布兰登的关系已经算是"板上钉钉"了,这也能间接说明中情局与贩毒集团存在关联。

布兰登在洪都拉斯见到为中情局秘密工作的恩里克·贝穆德斯不久后,也证实了这一点,还说正是尼加拉瓜的"可卡因之王"诺文·梅内塞斯教会了他如何走私毒品。韦布知道布兰登常年为罗斯这位洛杉矶史上头号"快克"贩子供应毒品。现在,韦布已经找到证据证实:布兰登在李斯特的帮助下,甚至一度向洛杉矶市中南区的毒贩销售武器和防监测设备。

美国国家档案馆提供给韦布的一份1987年联邦调查局报告中,包含了对一位旧金山的尼加拉瓜反政府军支持者道格拉斯·安斯沃思的几次访问记录,此人在记录中告诉调查员,梅内塞斯和贝穆德斯一直都在倒卖安保设备和毒品。韦布找到安斯沃思的地址,试图采访他。"你现在向我提起了一个年代久远的噩梦",韦布的书中如此描述安斯沃思在那次采访中给他的回复,"你完全不知道你谈的话题意味着什么,加里,你一点都不清楚"。

韦布问安斯沃思到底是什么意思。"我差点被杀了",安斯沃思说,"我有很多在中美洲的朋友都被杀了。有个调查这件事的墨西哥记者,只是调查了一处小枝节,最终也一命呜呼"。但韦布坚持认为,如果布兰登和梅内塞斯在洛杉矶销售毒品,那么去揭发这一切就是他的分内之事。韦布这么说的时候,安斯沃思笑了。"梅内塞斯在整个美国都一直卖着毒品!"他大声吼出,"不仅仅在洛杉矶,而是全国各地。况且他还受到全方位的保护"。

这完全像是好莱坞电影中充斥阴谋的桥段,或者是电视剧集《迈阿密风云》中一个耸人听闻的情节。但是,对韦布来说,所有一切都很简单:他刚发现了中情局、尼加拉瓜反政府军和可卡因三者之间关联的最后一个环节,也就是毒品一旦到达美国后最终流向了哪里,这是在他之前的每个记者和政府检控官所困惑的关键问题。"现在一切都真相大白了",韦布之后写道,"尼加拉瓜反政府军是向美国国民贩卖毒品——主要通过美国的黑人——而中情局也难则其咎,因为正是中情局的一位官员下的订单"。

韦布回想起美国主流媒体中洗脱真相的"谎言"曾一度暗示中情局与毒品交易之间的关联只是个阴谋论。这一切胡话和骗局未能阻止他,"而这些胡话曾压制了很多有良知的记者、警察、国会调查员,他们试图揭开秘密操纵者和罪犯相勾结的事实,给那片充满阴谋与黑暗的沼泽带去光明"。韦布总结道,"这一次,他们再也不能否认了。我已经准备好写出这一切"。

经过一年艰辛细致的调查中,韦布创造性地通过挖掘第一手的直接证据——宣誓证词文档和执法记录——证实尼加拉瓜反政府军支持者通过在美国街头售卖可卡因，为中情局所支持的他们国内的革命事业筹资。他有作为目击证人贝穆德斯的证词，而贝穆德斯有偿为中情局秘密工作，对整个活动都比较了解；他有详尽且令人信服的证据，表明中情局不仅没有介入其中以终止整个贩毒活动，甚至可能在幕后为整个贩毒网络的运转提供保护。

然而，韦布追踪的这个故事，在很大程度上主要凭据的是三个重罪犯人的指称，这也给韦布的声誉带来了极大的风险。韦布努力想揭露出中情局、尼加拉瓜反政府军和毒品交易三者之间疑云密布的隐晦关系，而在他之前，做出这一如此危险的职业选择的每一个记者，无一例外都付出了惨重的代价。像鲍勃·帕瑞这样的记者，以及作为消息来源的尼加拉瓜反政府军支持者安斯沃思，他们都曾试图警告韦布，他所涉足的这个题材曾让多少人丧了命。"但是加里一辈子都没有听从过别人的警告"，韦布中学时的朋友格瑞格·沃尔夫说，"他是报道这条新闻的绝佳人选"。

第六章
尝试错误

《洛杉矶时报》实力强劲，又一直是普利策奖的常客；相比之下，作为加州第二大报的《圣何塞信使报》黯然失色。尽管《圣何塞信使报》在全美多地设有记者站，并且以其扎实可靠的新闻调查报道而享有盛誉，不过，该报在历史上只获过两次普利策奖，一次是皮特·凯里关于1986年菲律宾总统费迪南德·马科斯倒台的报道，另一次是关于1989年洛马—普雷塔地震的团队报道。

20世纪90年代中期的硅谷正处在信息革命的最前线。得益于坐落在世界软件总部附近的优势，《圣何塞信使报》对计算机产业的报道无可匹敌，同时它也拥有全美报纸中最先进的新闻网站。在《圣何塞信使报》工作的记者感觉到他们的报社正调整定位，开始直接与主流的大报展开竞争。它所需要的只是再获一次普利策奖而已。

"毫无疑问，报社当时急于扬名立万。"韦布的前同事伯特·罗宾逊说，他现在担任《圣何塞信使报》的执行主编助理。"人们多少感觉到报社似乎真的在迈入更高的层次一样。"他补充说,韦布就是专门聘用来实现这个目标的。"报社最初期望加里能挖到猛料。"他坦言,"报社竭尽全力想做得更好,吸引到更多的注意"。

"那是一段让人兴奋的时光",一位要求匿名的前报社记者说,"《圣何塞信使报》那时的确野心勃勃。没有人比当时报社的杰里·塞波斯更能充分地诠释那种新闻野心,以及对来自同僚的尊重的渴望,正是这位带着眼镜的执行主编在"黑暗联盟"系列报道争议中扮演着重要的角色。塞波斯1969年毕业于马里兰大学,在校期间曾担任校报编辑。他在新闻业中迅速立足,并且平步青云——也许有点太过迅速了。在1981年来到《圣何塞信使报》担任副主编之前,他曾在《迈阿密先驱报》做过一系列编辑工作。

"塞波斯是个好人,可笑的是,他编辑你的稿子时,只是在上面加几个逗号",一位前报社职员说,"而且他特别喜欢红酒。如果你写了篇关于红酒的稿子,他肯定会让它上头版"。自从"黑暗联盟"系列报道风波平息后,塞波斯从未公开提起此事,也不曾回应任何采访要求。

与塞波斯不同的是,韦布的上司——《圣何塞信使报》国内版编辑道恩·加西亚,却有着从事调查报道记者工作的丰富履历。据那位前报社职员称,加西亚也是报社唯一的拉丁裔女编辑,这一定程度上引发了报社白人男性编辑中保守派的憎恶,他们觉得她只是一个为体现"平权法案"精神而招来的女性雇员。不过,加西亚很受记者们喜爱,尤其是她很有技巧,能够将严肃的新闻报道分给其他编辑,并且保证记者们有上头版的机会。

除了加西亚,报社唯一直接参与"黑暗联盟"系列报道的编辑,是执行编辑戴维·亚诺德。此人几乎没有任何报道经历,是编辑中相关资历最浅的那类菜鸟。作为一名专职摄影师,亚诺德在《圣何塞信使报》职业生涯的早期,被视为有潜力发展成为主编。报社曾安排他依次在几个编辑职位任职历练,以此为他进入最高决策层做准备,而在这之前,他被提升为报社美编部的负责人。亚诺德并没有回应对他的几个采访请求,这让他被普遍认为是一个坚毅无情的竞争者,痴迷于将自己的名字联系到任何有望获得下一届普利策奖的作品上。

韦布曝光中情局、尼加拉瓜反政府军和快克可卡因大爆炸三者关系的时机、他对报道的本能激情、诸如亚诺德之类的高层编辑们报道经历的相对匮乏,以及编辑部满是竞争和秘密的氛围,都将给"黑暗联盟"系列报道带来致命性的后果。韦布的编辑们慷慨地给了他一年的时间采写这个故事,而现在他们几乎抑制不住那种急于发表的兴奋感。但是,这个新闻项目依然是严格保密的。

"我当时也出席了由编辑人员参加的新闻选题会",一位要求匿名的的前报社职员回忆,"我一直没忘记那次会议。每个编辑都得概述即将进行的采写项目,轮到加西亚的时候,她暗示韦布正在做一个关于中情局和加州毒品走私的波及面极广的揭露性报道"。"我当时还问这是不是打算要赢得普利策奖",他说,"道恩只是笑了笑"。

韦布在萨克拉门托记者站的同事伯特·罗宾逊此前在华盛顿记者站待了三年,那时已经是《圣何塞信使报》的时政新闻编辑。"我记得当时只知道他在写那篇稿子,但具体事宜我知道得不多。"他说,"在报社内部,多少也存在保密的现象,这是在做调查报道时常见的情形。调查记者往往觉得周遭的同事跟自己报道中所揭露的人物一样,都值得怀疑"。

报社的执行主编助理乔纳森·克里姆负责督导各个新闻调查项目。不过,因为亚诺德想要亲自处理这个项目,而且他与克里姆关系不睦,所以后者就没有参与编辑韦布的系列报道。在报社里,克里姆被认为是一名强硬且有才气的编辑。但他缺少亚诺德的政治技巧,所以许多记者和编辑都不太喜欢他。"他和亚诺德总是有争执",一位前报社职员说,"乔纳森特别聪明,才华横溢。很多人都觉得,如果他当时参与'黑暗联盟'系列报道,后来的那些问题也许就能避免了"。

"让亚诺德负责整个报道——这原本就是一个可怕的想法。"另一位要求匿名的前职员说。这名记者回忆起亚诺德当时是如何在记者中间激起一个小型抗议的:亚诺德坚持要用一篇关于一部儿童卡通片的风格轻松的特稿,换下一篇比之严肃得多的新闻报道。"我记不清那个被挪到版面夹缝位置的故事是什么了",这位记者说,"然而,之所以把它换下来,是为了让一篇写《忍者神龟》的稿子上头版。就这样,在一次新闻选题会上,一堆记者开始大喊'再也不要神龟了'!"

克里姆现在是《华盛顿邮报》网络新闻部的负责人,他拒绝讨论包括亚诺德在内的其他编辑,不过,他证实自己当时确实没有参与"黑暗联盟"系列报道的编辑。"那时,我的信念就是保证调查报道小组的正常运行,并且如果有其他部门的记者想要写调查报告,我会提供咨询。"他说,"那个项目当时是严格保密的。我听说了这个项目,模糊地知道主题大致是关于什么的,但是,在未刊发前,我从未看过稿件"。

就在加里·韦布坐下来写"黑暗联盟"系列报道的时候,他得知"高速公路"里基·罗斯已被以协同出售可卡因定罪——这是一个所谓"三振出局"的罪名,罗斯将被判处25年徒刑至终身监禁。艾伦·芬斯特的辩护词中声称是达尼洛·布兰登——该案中的主要证人,同时也是其当事人罗斯此前的供应商——设计构陷了罗斯,但这并没有动摇陪审团的决定。布兰登关于他与中情局支持的尼加拉瓜反政府军有染的证词,也同样没有改变陪审团的决定。韦布并没有对判决结果感到惊讶;但这却激起了他的雄心,打算写一篇关于布兰登的报道,不仅要揭露罗斯的毒品供应源是跟中情局、尼加拉瓜反政府军存在关联的尼加拉瓜贩毒集团,而且要刊文骂一下美国的反毒品战争。

"对于整个反毒品战争,从现在算起五十年后再回顾今天,我相信就跟今天回头看麦卡锡时代的感觉一样,我们到时会说,'真见鬼,怎么会让事态失去控制?'"韦布在1998年告诉作家查尔斯·鲍登,"怎么会没有人站出来,告诉大家所谓的'反毒品'都是在胡扯?我认为我有责任,因为我那时有能力去告诉大家这是个骗局,告诉他们'不要相信你所获知的反毒品战争的一切,这全是谎言'。我不想五十年后大家责怪我,'你当时为什么不写点什么?'"

在他的"黑暗联盟"系列报道的初稿中,韦布将整篇文章写成像是关于反毒品战争虚伪性的案例研究。文章以20世纪80年代早期布兰登卷入洛杉矶新出现的"快克"市场为开端,结尾处则指出十年后布兰登从一名毒品商人转变成政府线人,同时反"快克"法案出台,将数千名年轻黑人毒贩塞入各大监狱。那年四月,韦布完成了初稿,全篇大约有一万两千字,然后送到他的编辑道恩·加西亚手中。"这篇报道和我之前写过的所有东西都不一样,可能也跟我的编辑修改过的任何稿子不一样;我所写的就像是一个持续十多年的传说——内容就是尼加拉瓜内战和快克可卡因大爆炸。"韦布写道。韦布承认这些事件"看起来像是毫无关联的社会现象",但是,他的报道会证明所有的事件"实际上相互交织,这很大程度上是因为政府的介入"。

韦布的原稿虽然强调中情局与贩毒集团存在关联,但从未断言是中情局跟布兰登或梅内塞斯密谋串通,只是说中情局知道贩毒集团的活动。在他1998年的书中,韦布坦言自己"从不相信,并且也从未断言'快克'泛滥背后掩藏着中情局的大阴谋。实际上,对中情局了解得越多,我就越能确信这一观点是对的。中情局犯不着这样做"。

韦布并没有指出洛杉矶中南区街头"快克"泛滥是中情局的阴谋,相反,他在《黑暗联盟》一书中写道,这一切表明"这是历史的一次可怕的事故",而背后推波助澜的因素,纯属机缘巧合撞到了一起。"尼加拉瓜反政府军碰巧挑选了可能是最糟糕的时机,往黑人社区兜售便宜的可卡因,这是无法无天又愚蠢至极的犯罪,却打着国家安全的幌子来实施。"他写道。

但是,很明显,可以理解,从一开始韦布的编辑们更感兴趣的就是中情局在整个事件中扮演的角色,而不是站在人情味的角度,聚焦于布兰登从可卡因批发商到缉毒署有偿线人的转变,以及他最终对罗斯的背叛。韦布回忆,加西亚审读这篇系列报道时,告诉韦布故事太长了。韦布将系列报道划成四个部分,分期报道,每部分约两千四百字到三千两百字。"对一家都市大报来讲,这不会占据太多版面",韦布写道,"但是,对《圣何塞信使报》而言,这就仿佛我同时问他们要月亮、要加薪、要在办公室增加淋浴,另外再要一个主管的停车位"。

加西亚说她对韦布初稿的第一反应是报道里面有很

多出彩的段落。"但就像大多数长度相似的稿子一样,它也需要做不少修改。"她说,"另外,系列报道切入到了复杂叙事的节奏过快:它里面有十几个角色,参考了多个文档和法庭案例,而且所描述的多个事件跨度长久,涉及国家也多。它需要花费数个月的事件来编辑修订。我努力让这篇系列报道变得不仅无懈可击,还要通俗易懂"。

除了编辑修改"黑暗联盟"系列报道,加西亚还得应对其他办公压力。她那时刚刚从国内版编辑升任本地版主编,在这个要求更高的职务上,她得负责大概40名记者和编辑,还需要同时处理几个长期的采写项目。由于《圣何塞信使报》并没有招人填补加西亚原有的职位,她不得不同时兼顾两边的工作。她使出浑身解数,尽力修订"黑暗联盟"系列报道。"我得一边挤时间修订加里调查项目的草稿,一边处理我新任职的本地版主编的工作。当时我每个工作日都是早来晚走,争分夺秒。"加西亚说,"很多时候,我早上六点就来到办公室,一直待到所有人都离开报社才走。我以为只要工作得足够努力,一切就会顺利的"。

加西亚告诉韦布,稿子需要做大量删减,然后分三期发表。一如既往,韦布对这个提议非常愤怒。"我做不到把它删减到不足四部分。"韦布抗议,并争辩说删减这篇稿子将会是一场新闻灾难。"关键是整个报道的可信性都在于所列证据的分量",他后来写道,"不论删掉哪方面的事实陈述,都会让整个报道失去原本的意图,看上去更像是臆测"。

加西亚一直帮韦布在稿件长度上与亚诺德沟通,韦布在接下来的几周也都在力争稿件保持原有篇幅。然而,亚诺德坚持己见,要求报道必须删减到三个部分。无奈之下,韦布将第二部分和第三部分合成一篇,然后再送给加西亚过目,结果不难预料。"第二部分太长了",韦布称加西亚这样告诉他,"我们需要再删减些内容"。

在接下来几周的编辑后,韦布宣布在不破坏整个故事的前提下,他已找不到任何需要删减的地方。加西亚最终让步了,通知韦布他可以重新将报道划成四个部分。但是在韦布交上新稿的时候,加西亚告诉他,亚诺德觉得故事读起来太像是一篇特稿,想让第一期的报道聚焦于中情局与布兰登贩毒集团的关系。"他觉得导语读起来像特稿,那是因为这个系列报道本身就是篇特稿。"韦布争辩道,"文章写的是开拓洛杉矶'快克'市场的三个人,这就是我想写的故事。如果我们把它改成尼加拉瓜反政府军贩毒的故事,每个人就会说,'噢,老新闻了'"。

不过,他还是未能说服亚诺德或加西亚。"亚诺德和我都同意第一部分应该包括加里报道中最具爆炸性的重大新闻。"加西亚说,"加里写了一个叙述性的特稿导语。我告诉他需要改成严肃新闻式的导语时,他火冒三丈。经过一番好言相劝,他最终同意写一个严肃新闻式的导语。然而,我们在后来的日子里都对那个导语中的几个用词追悔莫及"。

更换导语时,韦布忽然想起了他几个月前在最初的项目备忘里记下的内容:布兰登、梅内塞斯和罗斯三人组成的毒品集团,第一次使坊间长期传说的中情局跟尼加拉瓜内战及美国城市街头"快克"泛滥存在关系获得了文档角度的证实。"过去十年的大部分时间里",韦布写道,"旧金山湾区的一个贩毒集团向洛杉矶街头帮派'瘸子帮'和'血腥帮'出售了数以吨计的可卡因,然后将这些毒品交易数以百万计的收益输送给一支由中情局操控的拉丁美洲游击武装,以上为《圣何塞信使报》记者调查发现"。

然而,当时不管是韦布还是他的编辑都没有意识到,那几句话会是美国主流日报新闻史上调查报道中最具煽动性的开头之一。也许不止是韦布的报道本身,文章本质上就具有争议性——有些人说文章内容并不足以支持导语的论述——然而,恰是这段导语点燃了公众前所未有的愤怒情绪,也引发了来自美国主流报纸空前的批评狂潮。

"黑暗联盟"系列报道一直编辑修改到七月底,报社计划在8月18日刊发。韦布清楚,考虑到他这篇报道本身具有的争议性,相应的需要采用非常规的营销策略。在《圣何塞信使报》总部的网络新闻中心,他和一组高水平的技术人员一起在官方网站上添加了报道中所援引的所有重要文档的链接。美编组还为报道设计了图标和许多地图,以配合说明布兰登和梅内塞斯组成的贩毒集团是如何从哥伦比亚将可卡因走私到美国的。

斯科特·何侯德在1990年之后就不再担任国内版编辑,1996年整个夏天他都忙于美编部的管理事务,不知道韦布当时在做什么。"我记得韦布来到这里和设计师一起工作",何侯德回忆,"他们弄了一个大图,上面到处都是箭头。我便知道猛料就要来了"。

然而,与此同时,作为这个项目督导的亚诺德,却完全停止了对报道的关注。亚诺德开始停止回复关于"黑暗联盟"系列报道的任何讯息后,加西亚生疑了。直到报社宣布亚诺德要被提升到奈特里德报业集团下的一个公司去任职,她才知道原因。"整个项目负责人只剩我自己了。"

她说。

韦布刚为自己准备了一个安排已久的夏日休假,假期的时间定在报道发表日的前几周。这时,加西亚打电话告诉他亚诺德不再参与这个项目了。但是,她安慰韦布,说亚诺德的接替人保罗·范·斯兰布鲁克已经读了他的报道,而且非常兴奋。跟亚诺德不一样的是,范·斯兰布鲁克有丰富的记者经历,其中包括担任多年驻南非通讯员的履历。

范·斯兰布鲁克并没有回应笔者的采访请求,但加西亚说他拯救了"黑暗联盟"系列报道。"他当时刚刚接手新工作,但却很慷慨地花了大量时间,帮助我让这篇稿子最终见报。"她说。范·斯兰布鲁克想让"黑暗联盟"分三期发表,这就意味着整篇报道必须删减到六十五个专栏尺寸。他也想让文章在前面部分更多地谈到中情局在贩毒集团中扮演的角色。韦布再次抗议,他给加西亚发了封邮件,声称如果确实还存在可以删减的多余部分,"那我们现在都该辞职,因为,很明显,我们一直以来都没能把工作做好"。

同时,杰里·塞波斯也只读了报道的部分内容。乔纳森·克里姆,这个被许多人认为是报社唯一能将文章修改到不会招致后来那些批评的人,当"黑暗联盟"系列报道最终刊发时,他正在度假。"我在夏威夷度假,只读了些檀香山当地几份报纸上的部分摘录",克里姆说,"在'黑暗联盟'系列报道之后,我们的流程改变了。我要在报道发表前检查所有的项目提案以及稿件副本,哪怕有的稿子我并没有直接参与编辑"。

最终,韦布让步了。假期中,在北卡罗来纳州外滩群岛,接着是华盛顿的一家汽车旅馆,最后是苏父母家的地下室,他一直在重写系列报道。"完全乱成一团。"苏回忆,而且当时他们家刚好要搬家。"道恩想让他留下来继续写,但加里告诉她不行,说要去度假。然而,整个度假期间,他一直在写。"

"太糟糕了。"韦布之后回忆。"我完全不知道哪部分在报社被砍掉了,哪部分又被放了回来,或者又有什么地方被重新改写了。"他深信他的编辑完全不知道他们在做些什么。"难道这些人不明白来这里是干什么的吗?"他愤怒地说,"难道他们意识不到我们所印制出来的文字的意义吗?"

8月17日,也就是"黑暗联盟"系列报道出现在报刊架上的前一天晚上,韦布在印第安纳波利斯市参加了一个派对,是他中学时的朋友格瑞格·沃尔夫在家里举办的。深夜两点的时候,圣何塞那边也已经是半夜了,韦布走到卧室,把电脑连上网络,拨号进入《圣何塞信使报》的网站。整个屏幕不再是报纸往常中规中矩的网页,满屏都被"黑暗联盟:快克可卡因大爆炸背后的故事"的大标题占满了,还有一个图标———一位抽着毒品烟管的男性形象叠加在中情局的印章上。

  韦布知道他的报道将会引发争议。从此前鲍勃·帕瑞以及玛莎·哈尼跟他的谈话中,他也清楚,其他报道过中情局与毒品有染的记者们下场是什么。但当他向下滑动着电脑页面,急切地读着他的故事,想看看它最终变成什么模样的时候,他并没有担心未来。

  终究来说,整篇故事看起来还算有根有据,并且配合报道的在线制图让文章比先前发表过的任何同类作品都让人印象更为深刻。到处都是他所援引的文档以及布兰登庭审证词文件的链接。"黑暗联盟"系列报道终于"付梓"了。韦布长舒了一口气。他给还待在尼加拉瓜的同行戈尔格·霍德尔发了封邮件,告诉他报道已经上线了。然后,他关上电脑,重新回到派对,喝至酩酊大醉。

第七章
"快克"在美国

1996年8月18日,就在这一天,整个加州北部居民的门阶上同往常一样收到了一份《圣何塞信使报》。人们打开报纸,跃入眼帘的画面,是一个抽着"快克"吸管的黑色男性轮廓叠加在中情局的官方印章上。系列报道的名称以红黑字体打印——这通常是绝密档案中带有警示性的官方打印风格——上面写着"黑暗联盟:快克可卡因大爆炸背后的故事"。下方是文字说明,"系列报道第一天:'可卡因换武器'的交易是如何支持美国政策并危害美国黑人的";接下来还有一个字号更大的标题,"'快克'泛滥的根源在于尼加拉瓜内战"。读者就这样读到了冷战结束后最具爆炸性的新闻揭底报道。

标题和文字说明均非出自韦布之手,而是《圣何塞信使报》编辑们的主意,其语气信誓旦旦,誓要揭露中情局与美国快克可卡因大爆炸之间的关系。文章的第一句话如下:"过去十年的大部分时间里,旧金山湾区的一个贩毒集团向洛杉矶街头帮派'瘸子帮'和'血腥帮'出售了数以吨计的可卡因,然后将这些毒品交易数以百万计的收益输送给一支由中情局操控的拉丁美洲游击武装,以上为《圣何塞信使报》记者调查发现。"毫无疑问,此言表明,整个故事不仅是关于毒贩子的,还涉及总部设在弗吉尼亚州兰利的中情局。

接下来的两句话更为夸张。"该贩毒组织打通了哥伦比亚贩毒集团与洛杉矶这个全球'快克之都'黑人社区之间的第一条贩毒渠道",文章写道,"因此涌入的可卡因引发了美国城市的快克可卡因大爆炸,但也为洛杉矶的街头帮派提供了用来购买自动武器的资金和人脉支持"。

那个中情局印章和"快克"瘾君子轮廓叠加在一起的图像,连同前述导语声称的从"数以吨计的可卡因"中获得的"数以百万计的收益"被运送至中情局支持的尼加拉瓜反政府军,此番指控在后来的日子里成为韦布祸事的来源。韦布和他的编辑们深信,正是因为布兰登和梅内塞斯两人构建了直达美国城市的第一条可卡因通道,之后便引发了美国内陆城市的快克可卡因大爆炸,但是,"黑暗联盟"系列报道既没有明确地表述这一观点,也没有加以证实。

整篇故事揭露,是两名尼加拉瓜反政府军支持者向最为臭名昭著的洛杉矶"快克"贩子——"高速公路"里基·罗斯——供应可卡因,且供货价格低廉到足以使毒品生意持续运营多年,同时,至少一部分贩毒收益被用于帮助中情局对抗中美洲的共产主义运动。这份由三部分组成的系列报道中,开篇便讲述了布兰登、梅内塞斯与秘密为中情局工作的恩里克·贝穆德斯(韦布在报道中将贝穆德斯错误地认定为"中情局特工")是如何在洪都拉斯的反政府军基地见面的,而在此之后,他们找到"高速公路"里基·罗斯作为交易伙伴,正是这位"洛杉矶毒品世界里地位独一无二的传奇毒贩"将"可卡因粉末制成'快克',并批发给遍布全国的各个街头帮派"。

与报道相邻的侧栏里详细说明了这个贩毒组织为何会有自己的"小军械库":正是布兰登的合作伙伴罗纳德·李斯特源源不断地为他们供应乌兹冲锋枪和其他自动武器;这位前奥兰治县警察曾在被突击搜查住宅的时候自称为中情局工作。"我们有自己的小军械库。"罗斯说,"有一次(布兰登)试图卖给我的合伙人一个枪榴弹发射器。我就说,'兄弟,我们要那个枪榴弹发射器有什么用?'"

据韦布的报道,在 1986 年岁末,调查"伊朗门"事件的联邦调查局特工曾询问过李斯特之前的房地产经纪人,后者声称,李斯特曾花费 34 万美元在加州米逊维耶荷市购置了房产。这位经纪人曾问过李斯特钱是从哪里来的,李斯特回答说他参与了"中情局许可的"中美洲的安保工作。更多的证据表明,李斯特的"安保"工作,知情人是克里斯托弗·摩尔,他曾于 1982 年和李斯特一起造访萨尔瓦多。摩尔说,李斯特当时想为萨尔瓦多空军基地提供安保设备。"李斯特总是说他为中情局工作",摩尔声称,"我不知道该不该相信他"。

像是在解释为何李斯特会向萨尔瓦多空军基地推销安保设备,韦布在文中写道,布兰登的合作伙伴梅内塞斯有一个名叫马科斯·阿瓜多的朋友,是尼加拉瓜反政府军的飞行员,而且也为萨尔瓦多空军部队工作。阿瓜多在驾驶飞机将武器运送到洪都拉斯境内的尼加拉瓜反政府军时,会将飞机停在伊洛潘戈的空军基地。这个由萨尔瓦多军队控制的机场有一个秘密区域,被用作尼加拉瓜反政府军的主要供应中心。然而,伊洛潘戈基地不仅仅用来为反政府军输送武器。据当时被派到萨尔瓦多的前缉毒署探员塞勒瑞诺·卡斯蒂略说,这里也是反政府军的毒品走私基地。

卡斯蒂略是一个获过勋章的越战老兵,他坚定地投入(美国当年发起的)这场反毒品战争。但是,当他把自己的发现报告给上级时,缉毒署却首先对他展开了内部调查,最终迫使他辞职。"基本上,这是一场秘密行动,并且他们(缉毒署官员)在试图掩盖",卡斯蒂略告诉韦布,"这就是对此事最简单的概括。他们在掩盖"。

"黑暗联盟"系列报道的第二部分讲述了布兰登出人意料的转变。他最初是"高速公路"里基·罗斯的供应商,后来却成为服务政府的告密者,还出庭作证,给出了不利于罗斯的证词。报道也刻画了罗斯不同寻常的发家史,即他如何从一个得克萨斯乡下孩子成长为快克可卡因之王,他的事业又是如何因为布兰登的缘故而在1994年戛然而止;当时他刚从得州出狱后不久,布兰登假装请他帮忙安排一批大宗毒品交易,而他去接货时,缉毒署逮捕了他。系列报道的第三部分,即最后一部分,争议最小。该部分强烈批评联邦毒品量刑指南,指出其中涉及快克可卡因的罪名与涉及粉状可卡因的罪名之间处罚悬殊,法条僵化。美国的各个监狱都关押着因贩毒或吸毒获罪的年轻居民,他们来自城市贫民区,其中绝大部分是非裔美国人。

从积极方面讲,"黑暗联盟"系列报道既形象生动又令人信服地描述了三个毒贩是如何对美国城市贫民区造成巨大破坏,他们的活动又是如何跟中情局在中美洲的战争密切关联。不过,全篇的叙述却主要依靠几个已定罪的毒贩间不乏矛盾的陈述来支撑。韦布通过援引执法文档,暗示布兰登、梅内塞斯和李斯特跟中情局有关联,并且他们还非法转移数以百万美元计的贩毒收益,用来支持中情局在尼加拉瓜的战争。

然而,在"黑暗联盟"系列报道中,没有任何一处直接证据表明中情局参与了韦布所揭露的毒品走私,或者说中情局早已知道整桩涉毒事件的来龙去脉。文章缺乏中情局串通共谋的证据,消息来源相对不足,再加上报道最初耸人听闻地声称三个人无意间导致了快克可卡因大爆炸,前述种种,均为"驳斥"加里·韦布的系列报道乃至最终击垮他提供了充足的素材。

起初,韦布的同事们对"黑暗联盟"系列报道的反应不一,各种情绪都有。"报道刚出来的时候,报社有一种自豪感",一位要求匿名的前《圣何塞信使报》记者说,"此事绝对是引起了一番轰动。我的看法是,在某种程度上,这算是被主流报纸所忽略的一个老故事。我对报道的某些地方存在疑问,但基本上说,报道是正确的"。

"许多读过文章的人最初都觉得报道非常好",《圣何塞信使报》执行主编助理伯特·罗宾逊说,"不过,很明显,他并未尽其所能,向文章中批评的那些主体寻求回应。他没有真正造访政府——中情局或是文章中提及的任何政府官员——去核实文章中所涉及的内容。加里只是觉得,一旦你知道了整件事情,那些因为你的报道而首先受到冲击的人只会对你胡说,所以根本不值得白跑一趟"。

《圣何塞信使报》调查记者皮特·凯里回忆说,对于韦布进行的调查,他印象非常深刻,感觉就像一把拉下遮盖了十几年的幕帘,将中情局有染的毒品交易事件公之于众。但是,他也注意到报道的一个重大漏洞,即"黑暗联盟"系列报道的大部分内容都集中在几个重犯不甚可靠的证词上,甚至连韦布在导语部分援引的联邦执法文档,也大多是那几个犯人所述证词的转录。"看到主要消息来源是这两个毒贩的时候,我开始担心起来。"凯里说,"我不知道我们对他们的信任到底有多少。毒贩在证人席上说的话不一定是真的"。

在1998年出版的书里,韦布回忆,《圣何塞信使报》执行主编杰里·塞波斯打电话给他表示祝贺。"我们得继续占据先机",塞波斯说,"有任何需要尽管说。我们希望你跟进这篇报道"。几天后,韦布收到了塞波斯奖励的50美元的支票,还有一张便条,上面写着:"很出色的系列报道,谢谢你的付出。"

然而,普通读者和韦布的记者同行对报道并未立即有所反应。在历时一年的调查、写作、编辑,以及由于编辑们期望缩短长度、突出新闻价值而导致的无数次延期之后,"黑暗联盟"系列报道终于在新闻业的"黑洞期"发表了,那时大多数政界人士和跑政治口的记者都在度假,以逃离华盛顿八月底令人窒息的湿气。

报道发表的时候,恰逢民主党和共和党相继举行代表大会的那个星期,因此为数不多没去度假的记者都来到芝加哥,报道民主党大会。加州北部一份区域性报纸刚刊发的一篇文章将中情局和尼加拉瓜反政府军,以及洛杉矶的街头帮派甚至美国的"快克"泛滥联系到一起的消息,几乎没有在美国的政界或是媒体圈引起什么波澜。但是,这并不影响数百万的读者读到这篇报道。"黑暗联盟"系列报道恰好成为第一篇在纸质版和网页版同时发表的重大调查报道。

"一开始什么反应都没有",韦布的编辑道恩·加西亚回忆，"之后，一切都变得异常兴奋，又特别混乱；成百上千来自其他媒体同行和读者的电话打进编辑部。局势变得疯狂起来，我不得不从报社的市场部借来几个人，帮忙接听电话；这些电话有来自媒体的，也有来自支持者和批评者的。这一切似乎在一个恰当的时机爆发了"。

尽管那时互联网还是个新生儿，但"黑暗联盟"系列报道还是在互联网的帮助下如野火般迅速传播开来。《圣何塞信使报》官网原先每天只有数千次的点击，突然间，来自世界各地的访问者数量一天便达到五十万。电台节目也开始广播这篇报道，而且，不久后，该系列报道也在全美晚间新闻中作为焦点事件播出。尽管美国的大型主流报纸依然没有提及"黑暗联盟"系列报道，但越来越多的人竞相争睹——这种发展趋势很快便让系列报道本身显得更具新闻价值。一些早期评论的聚焦处更多是落在大量非裔美国人由此被引入了互联网，而非韦布文中的指控。

至于说美国政府一定程度上要为快克可卡因流入城市贫民区负责这个提法，并不新鲜；这条传言在街头巷尾已流传多年。1990年，《纽约时报》调查了纽约市1 000多名黑人市民对"阴谋论"观点的看法。有10%的黑人表示，他们相信艾滋病病毒是"故意地在实验室创造出来用来感染黑人群体的";四分之一的调查者认为美国政府"故意让贫穷的黑人社区轻易弄到毒品,以此来伤害黑人群体"。同时,只有4%的白人调查对象认可"阴谋论"的观点。

"黑暗联盟"系列似乎证实了非裔美国人群体一直以来对美国政府的猜度,即美国政府与毒品走私者勾结共谋,以及在反毒品战争上态度因种族而有别。黑人社区快克可卡因泛滥成灾的问题异常严峻,全美几乎所有的非裔美国人身边,都有某个人吸食或贩卖"快克",或因此入狱,或因"快克"交易引发的帮派争斗和暴力犯罪致死。尽管黑人读者们强烈的反应史无前例,但韦布和他的编辑们肯定早已预料到报道多少会引发愤怒的情绪。

毕竟,整个故事的替罪羊是黑人街区的毒贩罗斯,为他供应毒品的是有着强势关系网的尼加拉瓜富商布兰登,也就是他的"前导师",而罗斯最终被美国政府以及后来转变为缉毒署有偿线人的布兰登联手拿下。"黑暗联盟"网页版链接的一个布兰登谈话的声音文件,或许也为黑人读者们燃起的愤怒添了一把火;在这个文件中,布兰登坦言他之所以喜欢把毒品卖给"黑鬼们",是因为这些人总是直接付现金。

第七章 "快克"在美国

在这场争议开始时,韦布被批评跟来自洛杉矶的女议员玛克辛·沃特斯及其他黑人领袖站在同一阵线,批评者认为这些人利用这篇报道,声称中情局应为无数美国黑人对"快克"上瘾负直接责任。韦布并不完全认同这些黑人领袖持有的各种怀疑观点,不过,他发现他们确有兴趣将该系列报道作为工具,迫使中情局承认长期以来对包括梅内塞斯和布兰登在内的尼加拉瓜反政府军毒贩视而不见。

在韦布的支持者中,没有人比沃特斯本人更有权势也更有积极性。"他们带来了毒品",沃特斯在1996年的一次新闻发布会上说,"他们带来了武器,他们在这里赚着大把的钱。但他们留下了什么?一连串的破坏、毒瘾、凶杀,甚至还有对'快克'成瘾的婴孩。这太可怕了。这是昧尽良心。我承诺,哪怕需要我用尽余生来彻查此事,我也要这么做"。

玛克辛·沃特斯并没有回应笔者的采访请求。韦布的朋友和家人并不乐见沃特斯和其他公众人物将报道用做政治投机的做法。"韦布没有说过中情局售卖毒品,尽管每个人似乎都这么想",韦布的中学朋友格瑞格·沃尔夫说,"他说他们(中情局)也可能当时只是视而不见。人们都在试图援引他的话来证明他们自己想当然的各种观点,什么白人想消灭黑人啦,诸如此类。"安尼塔·韦布觉得这最终导致媒体开始诋毁韦布,打击韦布的可信度。"我认为人们抓住这个故事,然后把它变成一个种族性的黑人议题,这样并不好。"她说,"黑人社区说中情局一直试图驱除并消灭他们,可是韦布从未说过这样的话"。

韦布在《克利夫兰实话报》的前同事汤姆·萨迪斯,之前一直负责跑城市骚乱的新闻,他以一种更同情的视角来看待非裔美国人对"黑暗联盟"系列报道的反应。"黑人社区中蔓延着极为强烈的绝望情绪",他说,"他们原以为不会有人去倾听他们关于自己的社区群体被破坏的观点。突然一家主流报纸在谈论此事——黑人男性正陷入内斗,杀得不亦乐乎,整个黑人群体都参与到这场大屠杀中?谢天谢地,终于有人开始注意到他们了。这不再是他们无端妄想的阴谋论——这是对他们整整一代人的毁灭"。

在洛杉矶,愤怒的市民和左翼组织"Crack the CIA"联盟的成员彻夜烛光集会,然后向市政大厅中心游行。洛杉矶市议会通过一项要求联邦调查的决议,加州参议员黛安娜·范斯坦和芭芭拉·博克瑟都呼吁国会召开听证会。沃特斯在国会山召开的记者招待会上允诺将组织人手调查此事。以坦率著称的佐治亚州参议员辛西雅·麦金尼在国会大厦一层高呼:中情局的首字母缩写 CIA 实际上代表的是"中央投毒局"(Central Intoxication Agency)。有些人也打趣地讽刺那个缩写意味着"美国的'快克'"(Crack in America),这个俏皮的评价让韦布非常欣赏。在《圣何塞信使报》网站关于该系列报道的在线论坛上,韦布便发帖抄用了这句话;《洛杉矶时报》注意到了这个讽刺性的失误,后来就此大做文章,批评韦布行事莽撞冲动。

由参议院情报特别委员会召集的听证会于 1996 年 10 月和 11 月举行。听证会的大部分结果都在预料之中。中情局总检察长弗雷德里克·希茨承诺会展开内部审查,绝不回避韦布文中涉及的指控。对于"黑暗联盟"系列报道公开的一张与梅内塞斯在旧金山一场派对上的合影,尼加拉瓜反政府军领导人阿道夫·卡莱罗如此作证:在 20 世纪 80 年代他参加过无数筹款派对,不能指望他知道每个人的背景。"零号司令"帕斯托拉更坦率一些,他承认从布兰登处接收了几辆卡车以及成千上万的美元,还说布兰登甚至允许他使用哥斯达黎加的别墅。然而,这两个人都对梅内塞斯和布兰登为尼加拉瓜反政府军筹资的举动轻描淡写,并强烈否认他们明知故犯,表示自己根本不知道是在与毒贩共事。

杰克·布鲁姆是当年克里调查委员会的检控官,在某种程度上可以说是整场听证会的明星证人。他作证说,在他的调查中,从未发现中情局曾直接介入毒品走私。他直言:"如果你问我,中情局是否曾在洛杉矶黑人社区销售毒品,以此为尼加拉瓜反政府军的游击战提供资金,答案是绝对没有。"但是,布鲁姆接着补充,中情局对尼加拉瓜反政府军的毒品走私活动早已知情,却从未采取任何措施加以阻止。"当一场政治行动的支持者说,'我们佯装不见——我们不做任何事情',这对相关的执法过程算是一种干涉,目的在于保护那些实施那场政治行动的人,而在此过程中,会导致毒品的流入。这是一个非常特殊的问题。"他说。

直至今日,布鲁姆回顾,那次听证会气氛之紧张,他四十年来在参议院经历的其他任何一场听证会都无法与其相比。"当时,一屋子气愤的非裔美国人对我所说的每个词紧抓不放。"他感慨,并表示大多数听众对他没有为"黑暗联盟"系列报道辩护感到不高兴。布鲁姆认为韦布的报道偏离了目标。在20世纪80年代,中情局和毒贩的关系的确被隐瞒了,然而,韦布未能证明正是这场掩盖行动导致了快克可卡因的泛滥。

委员会关于布鲁姆证实中情局对尼加拉瓜反政府军毒品走私视而不见的反应，往好了说是天真，往坏的角度想，则是表演得太拙劣。"我当时讲的话，在那个房间里每个人都不想听"，他说，"委员会被我给出的评论惊得目瞪口呆。由此可见参议院情报特别委员会监督工作失职有多可悲。那些忙着筹备听证会的每一个人都为此而震惊，而这件事多年来早已不算什么新闻。"

全美各个黑人社区，尤其是洛杉矶市中南区的黑人社区愤怒了。中情局局长约翰·多伊奇飞到洛杉矶，出现在中南区洛克高中礼堂的市民大会上，这是美国历史上首次由一名记者迫使世界头号间谍机构的掌门人亲自执行街道级别的危机处置。观众席上挤满了五百多个人。在一片嘘声中，多伊奇当众承诺"彻查"韦布的指控；在宣称他确定中情局和洛杉矶"快克"交易不存在任何关系的时候，嘘声更大了。

在回应"黑暗联盟"系列报道的宣誓声明中，中情局宣布它已经审查了各种文档，未发现证据表明中情局和罗斯、布兰登、梅内塞斯、李斯特及其所认定的中情局联络人斯科特·威克利存有任何关系。也许是忘记了中情局承认过他们偶尔会和越南、老挝、阿富汗以及中美洲的知名毒贩合作,多伊奇更进一步宣称:"截至今天,我们没有任何证据证明中情局在这段时间或其他任何时段,曾密谋参与和鼓励在尼加拉瓜或拉美其他地方的毒品走私活动。"

多伊奇明显错误的声明只会进一步激怒他的观众。据《洛杉矶周刊》的吉姆·克罗根和凯文·于里克写道,中情局局长突然空降洛杉矶市中南区,声称"中情局从未在越南、拉美或伊朗胡作非为"。一个人打断了多伊奇,高声指责他的出现"只不过是一场公关表演"。"我们都知道你们中情局在全世界干了那些非法勾当,你现在再说你们会诚实地调查与自己有牵连的毒品交易",他喊道,"如果你认为我们还会相信的话,你应该是疯了吧"。

人群中有一位名叫迈克尔·鲁珀特的中年白人男性,他带着眼镜,看上去很真诚。在多伊奇演讲到一半的时候,鲁珀特站起来指责中情局局长撒谎。鲁珀特曾是洛杉矶警察局的麻醉药管理人员,他后来自称知道中情局参与毒品交易,并且有证据在手。鲁珀特详细解释他作为一名警察所发现的中情局与毒贩勾结共谋的各种情况时,多伊奇一直在礼貌地倾听。出于个人原因,当鲁珀特指控自己先前所供职的部门与毒品走私团伙勾结后,他从警察局离职;此外,他认为自己的前女友也是一名中情局特工。

鲁珀特将"黑暗联盟"系列报道看成是对他个人指控具有专业水平的证实。在争议掀起的余波中,他全心投入到韦布揭露的故事中去。他还建立了一个调查中情局参与毒品交易的公民真相委员会,以此融入民间组织的力量。由于类似"Crack the CIA"联盟这样的左翼革命性组织跟政策研究所(IPS)一类的自由组织之间存在权力斗争,调查最终解体了。

"我并不认为设立委员会是一个特别好的主意。"三禾·特里说,他是 IPS 毒品政策专家,是记者玛莎·哈尼把他带进了这个组织。"因为那些极端的疯子们,这个议题已经失控了。韦布的那个故事变得极其敏感又极具争议性。"特里说,"我经常和中南区那些完全被鲁珀特洗脑的活动家聊天。他们告诉我,若非中情局授意,就不会有一丝半点'快克'在洛杉矶销售。我告诉他们,在中情局里,特工们都不知道中南区是何方宝地,那帮家伙只想资助非法战争,并不是要造成快克可卡因大爆炸"。

除了鲁珀特,在"黑暗联盟"系列报道面世之后,无数个来自各个政治派系的人物纷纷冒头,他们利用韦布的报道来鼓吹他们长期以来的怀疑:中情局在幕后秘密操纵着一起起全球大事。不可思议的是,"黑暗联盟"系列报道竟然将位于政治光谱两端的阴谋论者团结到一起。这种影响以前或之后都未出现过。左翼人士中,那些极端激进的准改革者认为中情局故意放纵"快克"泛滥,目的是对黑人群体进行种族灭绝;右翼的林登·拉鲁什则将这篇报道看成有力的证据,表明乔治·布什和英国女王同属一个控制全球的阴谋集团。

"鲁珀特和林登·拉鲁什两人应该对韦布后来的窘境负最多的责任。"特里指出,他还补充,公民真相委员会最终更多关注的是细究这场反毒品战争的不公平问题,而不是讨论韦布在"黑暗联盟"系列中本该怎么去报道。同时,鲁珀特还利用韦布的报道来武装他的在线时事通讯"从荒野归来"(From the Wilderness),他在上面发布各种不同的阴谋论。

笔者电话联系了该网站位于俄勒冈州亚什兰市的办公室,鲁珀特称有人刚黑掉了他办公室里的所有电脑终端。"这是有组织的破坏。"他说,并怀疑这事要么与他揭露的政府错事有关,要么是因为惹恼了老东家,即与本地贩毒集团有染的警察局。他最近出版了一部关于"9·11"事件的书,名叫《越过卢比孔河》(Crossing the Rubicon),在韦布葬礼上他还带去了几本。他表示,"黑暗联盟"系列报道不仅帮他开启了出版事业，也救了他的命。

"报道发出来的那一周，我本打算自杀的。"他说，"在此前的十八年里，我一直试图揭露中情局跟毒品走私有染一事。当时我住在希尔玛一个破败的住所里，从收音机里听到《圣何塞信使报》把中情局和毒品走私联系到一起的那个重大新闻。我立即出门买了报纸。这个故事让我继续走下去。虽然之前也有其他人报道过这一事件，但此时此刻，我们有了可信的证据"。

鲁珀特恼火于那些把他称为阴谋论者的人。"我算是跟中情局颇有渊源。"他说，"中情局招募了我两次，一次是我在加州大学洛杉矶分校上学的时候，另一次是我进入洛杉矶警察局之后（通过我女朋友）"。他认为 IPS 完全忽视了韦布报道之后民间兴起的要求公平正义的高涨呼声。"他们完全忽略了我"，他说，"我觉得 IPS 就是一个看门者，它存在的意义就是危机控制，他们也的确是这样做的"。

鲁珀特的特殊身份让他的揭发与披露行为显得颇具说服力，不过，他在洛克高中的突袭式提问，以及后来围绕韦布进行的自我宣传式的辩护，对于强化"黑暗联盟"系列报道的可信性并未提供太多支持。

很少有人比乔·麦迪逊对"黑暗联盟"系列报道表现得更为热情。此君人称"黑鹰",来自华盛顿,是一位广播脱口秀主持人,如今效力于XM卫星电台。在采访中,麦迪逊承认,很多非裔美国人,其中包括他的一些朋友,在解读韦布的系列报道时,很大程度上确实偏离了文章本身所表达的事实。他还承认,当他无意中错误解读该系列报道的具体内容时,韦布曾多次严肃谴责过他。他当年对"黑暗联盟"系列报道痴迷不已,因为这是第一次有美国主流报纸严肃地看待在"快克"泛滥问题上美国政府扮演的共谋角色。

"在黑人社区中,我们一直有所怀疑",麦迪逊说,"传统的说法是,我们并不生产可卡因,所以,怎么会有那么多可卡因流入美国而政府却全然不知呢?黑人社区似乎一直以来都被当成靶子了,而韦布的报道就是一个重大的突破口"。

麦迪逊不仅是一个脱口秀主持人。作为一名老练的民权运动组织者,他将这场围绕"黑暗联盟"系列报道的争议看成一个机会,以集结全美的黑人领袖,寻求社会公平。他给相识的每一个黑人领袖——玛克辛·沃特斯、杰西·杰克逊、朱利安·邦德和迪克·格雷戈里——逐一致电；格雷戈里是喜剧演员出身，后来成为社会活动家，曾在1968年作为"和平与自由党"的提名候选人竞选总统，但未能如愿。

麦迪逊找到格雷戈里的时候，他正在参加芝加哥的民主党全国代表大会。他同意飞回华盛顿，为麦迪逊助阵，后来这便演变成了中情局总部前那两个人的抗议。"迪克和我去中情局总部，开始抗议"，麦迪逊回忆，"我们当时拉出了一卷黄色警戒线，上面写着'这里是犯罪现场'。我们拿着一份韦布的报道，要求会见中情局局长，并让他出面解释。当然，我们没能见到他"。

麦迪逊和格雷戈里试图扯下横亘在中情局入口处的警戒线，联邦警官以擅闯政府重地的理由将他们逮捕。"很多人都认为我们肯定是失去理智了，因为没人想惹毛中情局。"他说。两天后，麦迪逊获释，格雷戈里则被持续关押在弗吉尼亚州亚历山大的一个联邦拘留所。麦迪逊随后在美国国会黑人同盟的会议上亮相，大声疾呼：格雷戈里还在监狱服刑！

"事情变得一团糟。"麦迪逊说，"第二天，他们释放了迪克，然后我们便真正开始了行动"。接下来的六个月，他每天都在广播节目中谈论这个话题。他采访韦布，以及其他任何能找到的声称知道中情局参与共谋毒品走私一事方方面面的访谈嘉宾。巧合的是,奥利弗·诺斯也在麦迪逊当时工作的那家广播电台主持自己的节目。诺斯同意跟麦迪逊在有线电视频道 C-SPAN 展开辩论。麦迪逊当众读了诺斯的"伊朗门"事件日记,里面讨论了巴拿马独裁者曼纽尔·诺列加和尼加拉瓜反政府军各方支持者参与的毒品交易,他知道内幕,对后果却漠不关心,甚至还可能参与了共谋。

而此时的洛杉矶,女议员沃特斯和她的调查团队并未提前通知就来到洛杉矶县治安部门。她要求查看在 1986 年 10 月对布兰登及其同伙突袭搜查的文档。起初,管理档案的官员坚称没有执行过她所说的突击搜查,但是沃特斯拒绝空手而归。收到了满满一箱子的警方报告、证据清单、搜查宣誓书后,沃特斯在 10 月 7 日召开新闻发布会,宣称她已经发现进一步的证据,证明中情局与贩毒集团串通共谋。

沃特斯依据的是她从洛杉矶县治安部门获取的在罗纳德·李斯特家里搜获的文件。在沃特斯召开发布会前的几周,韦布发表了一篇关于李斯特的后续报道。几个参与突击搜查的警员后来均因涉嫌勒索毒贩财物而被指控贪腐,遭到逮捕。在他们1990年的审讯中,辩护律师哈兰·布劳恩写的一封备忘录中提到李斯特,并声称其诉讼委托人有证据证明中情局参与了毒品走私。布劳恩还补充,这份由其委托人查获的证据在48小时内便神秘地从一个证据柜中消失了。

布劳恩声称,在这些证据文档中,有中情局在伊朗的行动表,有武器、弹药、军事装备、精密监控设备的详细存货,有洗钱路径的图表,还有中美洲军事行动的影像以及技术指导手册。警员们也发现了一张放大的李斯特与尼加拉瓜反政府军人士在丛林军营的合影。对沃特斯来说,李斯特声称他曾为中情局工作,加上1986年从他家里搜获的证据,这基本上确凿无疑地证明了对于洛杉矶"快克"泛滥,中情局脱不了干系。

就在短短几个月内,"黑暗联盟"系列报道从一份区域性报纸的头版新闻,迅速演变成一场举国关注的种族问题之争。韦布一一回应了来自《60分钟》《Dateline》、杰瑞·斯普林格、杰拉尔多·里维拉、汤姆·斯奈德和杰西·杰克逊的采访请求。蒙泰尔·威廉斯在圣迭戈的大都会拘留中心内部对里基·罗斯进行了为期两天的独家私人采访。每当主播们问到中情局在毒品交易中扮演什么角色这个问题时,韦布的回答都是一致的:对此他一直都不能确定。

并非所有的报道都是积极的。克里斯·马修斯是微软全国广播公司《Hardball》节目以胡侃著称的主播,他炮轰韦布,声称尼加拉瓜反政府军那时已从里根政府获得了充裕的资金,怎么还会去贩毒筹钱?但当韦布和另一个来自《时代周刊》的嘉宾杰克·怀特都指出,1984年由国会通过的《伯兰德修正案》已明确禁止中情局资助尼加拉瓜反政府军时,马修斯一反常态地哑口无言了。中途休息插播广告时,他恼怒地斥责节目组的工作人员,说他们"搞砸"了节目。

然而,美国三大日报——《华盛顿邮报》《纽约时报》《洛杉矶时报》——仍然对韦布的报道未置一词。唯一例外的是《洛杉矶时报》发了一篇简讯,报道在洛杉矶市中心举行的一场抗议。伯纳德·卡尔布等保守派人士大惑不解。"反驳在哪里?"他责问美国有线电视新闻网《Reliable Sources》节目的记者,"为什么还没有媒体出面反驳这个报道?"

其实,卡尔布不需要担心。这几家大报早已知道他们必须要对"黑暗联盟"系列报道作出回应。他们各自委派了最具经验的记者——包括与中情局有密切联系的驻外通讯员——而给他们的任务就是调查韦布文章中的各个观点。随着美国主流大报的加入，他们的回应叠加在一起，生成了美国当代新闻史上罕见的对一篇新闻调查猛烈而尖刻的解构剖析——同时也可能是对一个记者的个人信誉作出的最为持续不懈的攻击。

第八章
疯狂围堵

1996年10月3日,周日,下午三点左右,杰里·塞波斯来到《圣何塞信使报》的总部。塞波斯就像平时每天那样,检查发过来的外电报告,看看第二天早晨将会有什么爆炸性的新闻报道出现在全国各大报纸上。几分钟后,塞波斯平静地大步走出办公室,手里抓着一份《华盛顿邮报》最新样报的头版。

"杰里走过来,告诉我他们正打算彻底摧毁韦布的报道。"当时坐在附近办公桌的前《圣何塞信使报》职员说道。"'那你打算怎么做',我问他。他说,'如果你有什么好想法,告诉我'。"

那一刻,韦布正坐在位于曼哈顿洛克菲勒中心的全国广播公司(NBC)休息室里,准备在著名节目《蒙特尔·威廉姆斯秀》(The Montel Williams Show)上担任嘉宾。塞波斯在工作室打电话给韦布,告诉他,《华盛顿邮报》第二天早晨将刊登关于"黑暗联盟"系列的深度批判报道。韦布问塞波斯,《华盛顿邮报》是否在他的报道里发现了什么错误。"《华盛顿邮报》并没有说事实是错误的",韦布后来这样引述塞波斯,"他们只是不同意我们的结论"。当韦布问塞波斯,《华盛顿邮报》有何证据得出了这一特别结论,塞波斯回应:"没什么证据,信息主要来自很多匿名信源。这真是非常奇怪。"

道恩·加西亚说,《华盛顿邮报》的文章让她大吃一惊。"原本我预期在'黑暗联盟'系列报道发表之后会有其他媒体捡起这个故事,跟踪调查,在该系列的基础上做后续报道。"她说。她和韦布两人都曾想,一旦他们开了这个故事的头,手头资源远比他们报社丰富的那些美国主流大报肯定会继续跟进这个报道。"我们完全没有想到,竟然是我们自己成了新闻故事本身。"她说。

在驻尼加拉瓜特约记者道格拉斯·法拉赫帮助下,沃尔特·平卡斯和罗伯托·苏罗撰写了题为《中情局和"快克":所谓的阴谋证据缺失》的报道。文中大量引用了匿名的信源,声称韦布是错误的。"通过对罗斯、布兰登、梅内塞斯的采访,以及对20世纪80年代美国可卡因市场进行调查后,本报发现,可查到的信息并不能支持以下结论,即:中情局支持的尼加拉瓜反政府军,或概而言之尼加拉瓜这个国家，对于在全美范围内将'快克'用做致幻毒品这一广泛现象负有主要责任。"《华盛顿邮报》如是报道。

平卡斯和苏罗指出，尼加拉瓜人在20世纪80年代期间"参与"毒品走私时，"大部分的可卡因交易"涉及哥伦比亚与墨西哥的走私贩子，以及国内毒贩包括牙买加人、多米尼加人、海地人等"各种背景的美国人"。这种说法忽视了以下这个事实——"黑暗联盟"系列报道主要聚焦于两个尼加拉瓜人，即布兰登和梅内塞斯，他们这个圈子还包括哥伦比亚的供应商、尼加拉瓜的中间人及美国黑人"快克"贩子，甚至还包括一个已退休的奥兰治县白人警察。

平卡斯和苏罗通过引用匿名"执法官员"的话，声称布兰登在贩毒收益中只向尼加拉瓜反政府军输送了三万至六万美元，且在他十余年的贩毒生涯中，只贩卖了五吨可卡因。布兰登在证词中提到一点，他在里根当选总统之后，就开始停止资助尼加拉瓜反政府军。如果是这样，那就意味着布兰登要么是在1982年或1983年与梅内塞斯会见为中情局秘密工作的恩里克·贝穆德斯时，要么是在那次会面一年后，也就是里根再次当选时，他开始将贩毒收益中饱私囊。《华盛顿邮报》总结，不管是前者还是后者，布兰登向尼加拉瓜反政府军输送贩毒收益持续的时间，都不像韦布在"黑暗联盟"系列中声称的那么长。

但正如韦布突出布兰登证词中有利于推断他"十年来大多数时候"一直为反政府军非法筹款的那些部分,《华盛顿邮报》也专门突出表明流向反政府军的资金微不足道的那部分证词。平卡斯和苏罗引用布兰登的证词抨击韦布的故事,这也是让韦布陷入困境之处——基于一名毒贩的证词得出广泛的结论。《华盛顿邮报》引述匿名执法官员所说的关于资助反政府军的现金数额时,并未对韦布引用的洛杉矶警方1986年的记录作出解释,该记录清楚地指出,1986年,布兰登仍在进行数额巨大的可卡因交易,并通过佛罗里达的多家银行将贩毒收益输送给尼加拉瓜反政府军。

平卡斯和苏罗还质疑韦布的职业道德,并以他对罗斯刑事审判的干涉为例子。他们采访塞波斯,并引述他的观点:虽然他"不知道"韦布曾写好问题让罗斯的辩护律师艾伦·芬斯特在庭上提问,但他不觉得采用这样的策略有什么道德问题。起初塞波斯很高兴《华盛顿邮报》开始关注韦布的报道,但该报的提问已预示他们的新闻报道不会是正面的。平卡斯与苏罗很可能是从《华盛顿邮报》评论员霍华德·库尔茨口中获悉韦布在法庭上的表现。早在几天前,霍华德·库尔茨就发表了《华盛顿邮报》关于此事的第一篇新闻报道,质疑韦布行事偏颇。他评论道:"似乎从一开始,韦布就想有意制造新闻。"具体来说,据库尔茨报道,韦布曾给罗斯写了一封信,声称"若要引发公众兴趣",发布"黑暗联盟"系列的最佳时机,"是尽可能跟有新闻价值的事件临近,而在这件事上,你的审判就是新闻事件"。库尔茨是第一个不仅抨击"黑暗联盟"系列文章本身,还质疑韦布的职业操守和客观性的记者,他给随后针对韦布的批评狂潮奠定了咄咄逼人的基调。

"(韦布)给我的最初印象是一个充满激情的记者,努力工作,并坚信自己所做的一切。"库尔茨在近期的一次采访中说,"很显然,'黑暗联盟'系列在黑人群体中间引发了一些强烈的情绪。正是其中的某些情绪,让他们宁愿相信韦布所暗示但没能确证的事实。我认为,韦布在'黑暗联盟'系列报道中过界了,尽管他坚持认为自己没有明确说过那些阴谋论者在他文章中找出的观点。而且,《圣何塞信使报》的编辑们也对这件事负有责任,他们组织'黑暗联盟'系列报道的方式有问题,他们没有提出更严格的问题,他们的编辑方式也本该更严苛。该报后来承认了自己的过失,而韦布从来没有真正认过错。"

起初,韦布的编辑们坚决捍卫他们的明星记者。《华盛顿邮报》的文章见报数日后,塞波斯就给该报发出一封信,以愤怒的笔调探讨新闻报道的标题,说他们的标题只是暗示中情局与文章中提及的毒贩"阴谋"有牵连。"尽管我们有相当多详尽的证据显示中情局和贩毒团伙的头目有牵连,但我们从未得出或报道任何明确的结论,说中情局直接参与其中。"他争辩道,"我们报道的是在洛杉矶售卖可卡因的人与为中情局工作的人会面;我们也报道了筹集的资金被送到中情局支持的组织。除此之外,我们并未进一步加以阐释"。

塞波斯将他写给《华盛顿邮报》的信贴到了《圣何塞信使报》布告栏里,并附上另一份备忘,发给他那些捍卫"黑暗联盟"系列的职员。"我不知道我们中有多少人可以在别人针对我们的作品发起的这种显微镜式的审查中挺住,我认为加里·韦布理应获得认可,因为他在审查中依然'毫发无损'。"塞波斯写道。但《华盛顿邮报》拒绝刊发塞波斯的信。"我简直不敢相信。"加西亚说,"刊发了那么多针对'黑暗联盟'的批评信件,其中一些甚至上了头版,为什么《华盛顿邮报》不刊登塞波斯的信?"

与此同时,韦布的读者提示他查一查 1967 年 2 月

18日以来报社的文档。于是韦布去了报社的资料室,找到了一份《华盛顿邮报》复印件上有篇平卡斯写的新闻报道,标题是《我如何利用中情局的资助出国旅游》。在报道中,平卡斯说他还是一名大学生的时候,有中情局招聘人员找过他。这位特工要平卡斯暗中监视在20世纪50年代末至60年代一些国际青年会议上出现的学生群体。韦布后来写道,他简直不敢相信自己的眼睛。那个被派来抨击自己的新闻报道的记者,那个有勇气质疑他在法庭上有道德问题的人,居然曾与中情局合作进行间谍活动?韦布抑制不住自己的怒气。"我绝对不会暗中监视美国公民。"他愤怒地说。

  韦布开始调查平卡斯。他发现,在1975年,平卡斯写了一篇针对《中情局日记》(*CIA Diary*)一书的负面书评;此书作者菲利普·阿吉是一位前中情局特工,他对中情局进行了全面揭露。平卡斯还披露了"伊朗门"事件,并在另一篇报道中声称特别检控官劳伦斯·沃尔什正打算起诉那时刚卸任的罗纳德·里根。在回忆录《防火墙》(*Firewall*)中,沃尔什称平卡斯泄露那条信息是为了抹黑他的调查。"在此期间,我们所遭受的各种借机恶意中伤里头,说我们打算起诉在美国依然深受尊重的总统先生这则不实报道对我们的伤害最大。"沃尔什说。

在最近的一次采访中,平卡斯并没有否认自己过去与中情局的关系,但声称中情局唯一为他做的事,是为他支付了参加1959年维也纳青年大会的旅行费用。"但是,我在中情局认识了很多人,有些成了朋友。"平卡斯说,"(前中情局局长)乔治·特尼特当年还只是参议院情报委员会的职员时,我就认识他了,他在为约翰·海因茨工作。同样我也认识了(克林顿政府的国防部长)莱斯·阿斯平,那时他为鲍勃·麦克纳马拉工作。我们这一群在华盛顿特区的年轻人当时经常一起聚餐"。

虽然平卡斯承认他的调查证实了布兰登和梅内塞斯曾在洪都拉斯会见为中情局秘密工作的恩里克·贝穆德斯,但他认为这样的会见并不能证明什么。"凭此便说中情局通过机构里几个人安排毒品交易赚钱,这逻辑跳跃太大。"平卡斯还补充说,他本不用费心回应"黑暗联盟"系列的,只是在由国会女议员玛克辛·沃特斯领导的国会黑人核心小组开始围绕文章"制造一些噪音"后,他才必须做出回应。"很多人都在做涉及情报工作的新闻报道,但我们并没有予以关注,因为那些人都是错的。"他说,"真正让我恼火的是,有断言指控中情局要为将快克可卡因带到洛杉矶中南部负责。这太荒谬了"。

接下来,《洛杉矶时报》也加入到争论中。从 1996 年 10 月 20 日开始,《洛杉矶时报》连续三天刊发长篇连载——仅从文章长度上就让"黑暗联盟"系列相形见绌。报道的前两部分直接反驳韦布的主张,最后一部分列出了无数推测性段落,讨论相信阴谋论的非裔美国人比例是否会不均衡。《洛杉矶时报》一向以忽视或轻视这个城市的黑人群体出名,而现在它所做的一切,对修复这种名声于事无补。

《洛杉矶时报》还要力争上风的一个原因是,很显然,韦布在他们报纸的自家后院挖出了独家新闻。主编谢尔比·科菲三世指派了二十多名记者来负责这篇报道。一些心怀怨气的《洛杉矶时报》记者觉得自己的任务不是去调查"黑暗联盟",而是抨击并揭穿它。其中一人告诉《洛杉矶新时报》(*New Times LA*),他被选入到"拿下加里·韦布队",而另一人则透露,当时编辑们之间常说的话就是:"我们要拿走加里·韦布这家伙的普利策奖。"

《洛杉矶时报》的都市版主编里奥·沃林斯基负责统筹报社对该事件的回应。他如今已升任报社执行主编,回忆当年,他说永远忘不了自己第一次读到"黑暗联盟"时的感受。"我记得那感觉就像是胃里打了个结。"他说,"这是个重大新闻——中情局引发了快克可卡因在洛杉矶中南部的泛滥。在我们的地盘,就像一个巴掌打在脸上一般。报道看起来有说服力,看上去就不像没价值。在自家门口,我们不能忽视这样一篇新闻报道"。

该报主要负责回应"黑暗联盟"系列的记者是道尔·麦克马纳斯。他是驻华盛顿首席记者,曾经报道过"伊朗门"事件,并写了几篇尼加拉瓜反政府军涉嫌毒品走私的文章。麦克马纳斯采访了几位中情局官员,包括前中情局局长罗伯特·盖茨、中情局特工文森特·坎尼斯特拉洛和中情局现任局长约翰·多伊奇。不出所料,所有的人都极力否认该机构与毒品走私存有任何关系。像平卡斯和苏罗一样,麦克马纳斯也没有提到韦布在报道中引用的显示布兰登仍持续资助反政府军的1986年警方和缉毒署记录。"目前还没有确凿的证据显示,不管是梅内塞斯还是布兰登,在1984年以后仍持续给反政府军提供资助。"他推测。

在最近的一次采访中,麦克马纳斯说他阅读"黑暗联盟"系列的第一反应是,它需要进一步报道。"有些部分看起来信源不充分,但其他部分看起来又相当有说服力,这一切都值得我们认真跟进报道。"他说,"我们有义务做我们自己的报道,并将我们的发现告诉我们的读者。在进一步的调查、报道和采访后,我发现,初次阅读中那些貌似全新且重大的新闻点,现在看来要么了无新意,要么并不重要,要么就是找不到确凿的证据来证实"。

该报在此事件上最离奇的一点,是由它的记者杰西·卡茨写的一篇报道。两年前,正是此人刊文指出"高速公路"里基·罗斯是洛杉矶史上头号"快克"贩子。1994年,据卡茨估计,在罗斯毒品生意巅峰时期,他"从大西洋沿岸至太平洋沿岸的贩毒集团"每天卖出五十万份快克可卡因。"如果这场毒品风暴存在一个风暴眼的话,如果说这十余年来'快克'遮天蔽日的现象背后藏身着一位犯罪大师,如果说存在一位违法资本家要对洛杉矶街头巷尾泛滥成灾的可卡因负责,这个人非'高速公路'里基莫属。"卡茨写道,"没有人比罗斯在毒品普及上做得更多。他提高效率,大幅降价,并且以前所未有的规模传播着疾病"。

之后,在韦布揭露部分可卡因的供应者是一名尼加拉瓜反政府军的支持者,而这位支持者将部分毒品收益输送给中情局支持的反政府军后,卡茨对罗斯及其在这场"快克"泛滥中所起的重要作用有了新的看法。"在'快克'交易的产生和演变历程中……交替出现了很多不同的人物,从无情的亿万富翁到患有毒瘾的小毒贩,这些人中无人能对整场毒品交易起到核心作用。"

卡茨如今是《洛杉矶杂志》的记者。他说他在《洛杉矶时报》休斯顿记者站工作时,接到一个电话,要他飞回洛杉矶,帮忙写一篇针对"黑暗联盟"系列的回应文章。这不是他特别期待的任务。"这是我想要做的事?"他问。"不,我并不情愿做这样的事。一家主流媒体机构剖析并抨击其他报社记者的作品,这可不太得体。"

在报道"高速公路"里基·罗斯在圣迭戈的审判时,卡茨碰见了韦布。不过,法庭开始其他案件的庭审后不久,他就离开了法庭。关于审判,他只写了篇简短的报道,提到罗斯的律师打算在庭审上呈现能够表明中情局曾一直涉足罗斯的毒品供给的证据。起初,卡茨说他感觉韦布抢了自己的独家新闻。"加里有着出色的记者本能、强烈的奉献意识和顽强执着的精神,他甘愿,甚至冒着巨大风险,深入挖掘事实真相,我对此非常佩服。"卡茨说,"但我被卷入其中,要审查他的文章,以及我的文章,还有整个'快克'风波。我开始觉得,他的系列文章有一部分并未做到本可以或者本该做到的理性与诚实"。

当被要求解释在"黑暗联盟"系列发表之前和之后,为何在自己的报道中对于罗斯在整个城市的"快克"交易中的地位观点相左,卡茨一时语塞。"我不知道能否给出一个完全令人满意的回答。"他说。提到1994年的报道,卡茨说他当时可能被围绕罗斯的"神话"迷惑。"当时,我接触的人有来自黑帮的,也有缉毒界的,而罗斯的名字是最常被提及的,还带着点神话色彩。"他说。

虽然卡茨表示他后来的报道是想要指出,无论有没有罗斯,都会出现"快克"泛滥的问题,他依然支持先前文章中的主张,即认为罗斯是洛杉矶第一个真正的"快克"要犯。"他站在'快克'浪潮之巅。"卡茨说,"他是第一个成为百万富翁的'快克'贩子。在中南部的人靠贩毒发财之前,他早就开始借此生财了"。

卡茨补充道,他参与到主流媒体对"黑暗联盟"系列的批判浪潮,给许多观察家留下了错误印象,认为他是中情局的辩护者。"我并没有绕开中情局,或者我也并不认为中情局会说出事情真相。"他说,"他们可能会牵扯到任何事情。我知道《洛杉矶时报》曾刊文写过'据中情局自己说,他们没有做被指控的任何事情'这类内容。但我的报道不会停留于此"。

和先前对待《华盛顿邮报》的方式一样,韦布的编辑们也帮他对抗《洛杉矶时报》。当时《洛杉矶时报》不仅直接攻击报道本身,还白纸黑字地攻击韦布本人。"《洛杉矶时报》的某篇文章有一段写道,加里和里基·罗斯共同签订了一个电影合同。"加西亚说,"事实根本不是这样的。真实情况是一位电影经纪人起草了一份电影合约,给了里基·罗斯和加里,但加里并没有同意。《洛杉矶时报》的报道非常草率。虽然加里的名字出现在合同上,但这并不意味着他就签订了这份电影协议。我打电话给《洛杉矶时报》编辑部,告知他们报道有误。我向他们解释了很久,对方才答应校正信息"。

加西亚也接到了一名记者的电话,问她是否能对韦布供职《肯塔基邮报》时开枪射伤一名男子的事做出评论。加西亚惊呆了,但她冷静下来,表示在与韦布核实之前,拒绝对此发表评论。"加里,多年前你有没有在(肯塔基)开枪打过别人?"她问道。"他说,是的,他做过。"加西亚屏住了呼吸,韦布就解释了当时他是如何与一个偷车贼当面对峙的,还告诉她,因为他的行为属于自卫,警方并没有对此提出控告。在加西亚看来,这通电话表明媒体正在全力深挖加里身上任何微不足道或毫不相关的污点，以此来证明他们攻击"黑暗联盟"系列是正当的。

三家抨击韦布报道的主流报纸中，《纽约时报》刊文最晚。1996年10月21日，《纽约时报》刊发了一篇长达1536字的报道，题为《系列报道中的大人物可能只是小角色》。文章内容像先前各媒体的批评一样，主要是基于引用匿名情报人员和执法人员的观点。记者蒂姆·金写道，布兰登和梅内塞斯都"可能确实为反政府军提供过些许支持，包括提供了若干武器，但没有证据表明这两人中的任何人是反政府军官员，或与中情局有任何关系"。

阿道夫·卡莱罗和其他前尼加拉瓜反政府军领导人告诉戈尔登，梅内塞斯和布兰登确实在洪都拉斯会见了为中情局秘密工作的恩里克·贝穆德斯。但戈尔登指出，韦布错误地称贝穆德斯是中情局探员，即"特工"。这种很明显的角色误解，旨在曲意暗示中情局的人与两大毒贩会面勾结。韦布文章中说梅内塞斯曾担任尼加拉瓜反政府军驻加州的情报和安全负责人，戈尔登对此说法表示质疑。爱德华·纳瓦罗是一名旧金山的尼加拉瓜反政府军组织者，他回忆，梅内塞斯确实在一些当地的反政府军会议上露面，但都是"安静地在后排"站着。他声称安全小组所进行的唯一"安保"措施，就是"在左翼的旧金山人举行完抗议后，将办公室门上的标志"予以移除。

戈尔登发现，没有证据表明布兰登和梅内塞斯"声称自己偶尔代表反政府军作为中间商搞到的'相对少量的可卡因'，就对几乎同时间出现的快克可卡因大爆炸起着极其重大的作用"。他的文章承认"高速公路"里基是"全洛杉矶最大的'快克'贩子之一"，但他又补充，"几个研究毒品交易的专家说，尽管罗斯先生确实是'快克'交易的主要人物，但他只是众多这类人物中的一个"。

戈尔登还写了另外一篇更长的报道，标题为《尽管证据单薄，中情局和毒品的故事不虚》，刊发在那天的《纽约时报》上。电头显示文章从康普顿发稿，报道以一个48岁的非裔美国人卡尔富康开头。她是一名酒席承办人，说她一直相信"快克"泛滥的背后一定跟中情局有关系。"跟我年龄相当或者比我年长的人都知道，类似事件一直都在发生。"她说，"要不然谁会在瓦茨或者康普顿有飞机或船只来取走毒品呢？他们将目标对准年轻的黑人男子。这毁了整整一代人啊！"

戈尔登也质疑韦布的法庭策略，那就是给罗斯的律师阿兰·芬斯特准备好问题，让他庭上借机提问。虽然塞波斯在这一点上为韦布辩护，但他也首次在报纸上指出他所认为的韦布报道中的一个重大失误。"回首当年，若重来一次，我会不会选择不这样做？"塞波斯问。"是的。那时我最先要做的，就是在报道中专门用一整段，清晰地写明我们没有发现的内容。我们来到了中情局的门口，却未能入内。"

《洛杉矶时报》有几十个记者被指派去审查"黑暗联盟"系列报道，与之不同的是，《纽约时报》只有旧金山记者站的戈尔登独自一人负责此事，他利用自己的知识储备大致了解了韦布报道中涉及的区域。和麦克马纳斯及平卡斯不同，戈尔登不是光坐在华盛顿一张办公桌前就完成了尼加拉瓜内战的报道，他来到中美洲，跟洪都拉斯及哥斯达黎加的反政府军领导人深入交往。

担任《迈阿密先驱报》的通讯记者时，戈尔登首次揭露了尼加瓜拉反政府军使用萨尔瓦多在伊洛潘戈的空军基地作为他们的再补给中心。其他报道对反政府军官员，主要是伊登·帕斯托拉所谓的南方前线中的腐败问题做了调查，以及指控不同反政府军派系侵犯人权。正是由于《迈阿密先驱报》在各大事件中的突出报道，使得"伊朗门"

事件浮出水面,戈尔登与报社多位同事因此共同获得普利策奖。尽管一些更极端的韦布捍卫者有相反的论断,但几乎不太可能将戈尔登视为受中情局操纵的人。如今,他作为一名《纽约时报》的调查记者,揭露了美军士兵和情报人员在阿富汗、伊拉克和古巴关塔那摩的虐囚事件。

回顾自己当时的报道,戈尔登承认文章看起来"有点轻信情报机关和反政府军方面的信源"自称完全未涉足毒品走私的说法,尽管研究针对"黑暗联盟"系列的媒体反应的多数评论家认为,戈尔登的批评文章要比《洛杉矶时报》的报道更谨慎也更中肯。"我不知道这是不是我们做过的最深入的报道",戈尔登说,"但从韦布的系列文章中找到几个大的新闻漏洞并不难"。

虽然戈尔登对韦布系列报道的第一反应是"有趣",但他认为韦布得出的结论——布兰登和梅内塞斯(甚至尼加拉瓜反政府军)在总体上促进了毒品交易的繁荣——"明显过于宽泛"了。尽管有人指控尼加拉瓜反政府军领导人从中情局和美国国务院获得资助,但就戈尔登于20世纪80年代中期在一线的亲眼所见,反政府军部队似乎并没有什么精良的装备和完善的供应。

"尼加拉瓜内战推动了美国快克可卡因大爆炸"这一

韦布"未经证实"的观点触发了民众的怒火,戈尔登对此觉得颇为不平。"很明显,那个时候,尼加拉瓜反政府军早已酷刑折磨或杀害了数以千计的尼加拉瓜平民",戈尔登说,"然而,美国人并不怎么在乎当年是他们的政府在反政府军背后出钱出力这一事实。但由于一些反政府军的追随者运送了数量算不上多大的毒品,人们就一片哗然。我认为这是美国式自恋的典型表现"。

虽然戈尔登没有质疑尼加拉瓜反政府军方面的人涉嫌贩毒,但他认为这部分人在反政府军中只不过是无关紧要的边缘人士。"数量惊人的受害者被强行拔去指甲,相比而言,我认为毒品交易并不是他们斑斑劣迹中最恶劣的一件。"他说,"两个尼加拉瓜流亡者一直以来和'快克'巨头勾结在一起,这个故事确实有趣。但韦布报道的核心前提是——尼加拉瓜内战中反政府武装力量的筹资问题客观上助推了快克可卡因大爆炸——直到今天,仍然没有可靠的证据来证实这件事"。

从中美洲报道回来几年后,戈尔登又报道了墨西哥和哥伦比亚的毒品交易。韦布曾断言罗斯是"快克"交易的主要人物,这让戈尔登想起缉毒署曾一度高调逮捕主要的可卡因走私贩。那个时候,走私者你方唱罢我登场的现象已经非常明显,"整个洛杉矶中南部的所有'快克'批发交易背后只有一个大毒枭,这种观点并不符合我对毒品交易世界运转机制的理解"。

戈尔登得出一个结论,那就是韦布和他的辩护者们对于获取事实的真相并不十分在意,他们只是想让他们的故事成为真相。他回忆起1997年参加专业新闻记者协会在旧金山的座谈会时,他同韦布以及其他记者进行了辩论。"截止那时,我已经花了十年的时间,披露美国政府及其盟友在拉丁美洲所做的坏事,然而,我却被可称为韦布一方'辩护者'的人齐喝倒彩,最后不得不离开那个房间。"他说。

戈尔登在《纽约时报》的报道刊发后不久,来自不同团体的抗议者,包括总部位于旧金山的激进团体"全球交流组织",围在他的办公室外。戈尔登下楼后,他来到抗议的人群中,并没有做自我介绍。他和抗议者们聊天,那些人谴责他是中情局的工具。"人们那时候似乎闲空得很",他说,"新闻与政治之间被人为对立得过多了,这让人们不知道谁才是真正的敌人。我认为当时并不是调查性新闻报道的黄金时代"。

韦布有他的捍卫者,特别是在非传统媒体中。针对主流媒体对"黑暗联盟"的批评,"报道的公正性和准确性"组织在其网站发表了一篇论证合理的长文,称主流媒体的回应是"花言巧语的欺骗"。而最为雄辩的援手,来自亚历山大·科伯恩,他后来和调查记者杰弗里·圣克莱尔合著了《掩盖:中情局、毒品和媒体》一书,详细描述了中情局与毒贩勾结的来龙去脉,以及媒体如何未能就此事进行报道。科伯恩声称,主流媒体对韦布的抨击,构成了他所见过的堪称最"疯狂"的围堵拦截,但他对此并未感到特别惊讶。

"我从来没有认为,美国的主流媒体将会得到救赎",科伯恩说,"粉饰过的说法总是《纽约时报》的看家本事,《华盛顿邮报》也是。似乎只有如此,新闻媒体才是负责任的。我认为,传媒巨头不会把工作做好。但这就是它的作用所在,任何人都不必感到惊讶。让人费解的是,《圣何塞信使报》在掌舵时却睡着了,它并未意识到韦布在做什么,然后便刊发了他的报道"。

也有一些非主流媒体记者对"黑暗联盟"的瑕疵没那么宽容,但他们对主流媒体针对这篇报道发出的批评同样持有怀疑的态度。"如果加里·韦布犯错,我会进行揭露,这毫无问题",《洛杉矶周刊》的马克·库珀说,"但是,在美国新闻业过去五十年的历史中,这是全国三大主流报纸决定联手抨击一个竞争对手的突出例子,而且,无论从何种标准来说,这位对手的失误微乎其微"。

库珀特别蔑视《洛杉矶时报》的道尔·麦克马纳斯,他谴责麦克马纳斯常常从里根政府的谎言中杜撰有关尼加拉瓜反政府军的故事,因为这有助于美国政府为反政府军提供支持。"道尔·麦克马纳斯在20世纪80年代写的有关尼加拉瓜反政府军的故事,与(《纽约时报》的骗子记者)朱迪·米勒在20年后关于伊拉克大规模杀伤性武器的报道一样,都是不可饶恕的罪行。"库珀说,"在这类报道中,记者都是匿名和官员对话,报道都是假的,故事根本没有任何实质内容"。

麦克马纳斯说,引述匿名消息是他工作的一部分。"我不相信官方的否认。"他说,"当官员们回应指控的时候作出否认,我就会报道这些'否认',但是,这并不意味着我相信他们。我从过去到现在一直相信美国政府对尼加拉瓜反政府军进行的毒品交易视而不见。从1987年开始我就报道这些指控,而且,1996年针对'黑暗联盟'的那篇文章也提到了这一点"。

大卫·科恩是《国家》杂志华盛顿记者站的编辑,在

20世纪80年代对反政府军贩毒事件做了大量报道。科恩说,当时让他印象深刻的是韦布发现了"街道级"的信源,而后者似乎正是在美国资助尼加拉瓜反政府军的大型贩毒集团。但科恩很快意识到,这个故事不能支撑其夸大的结论,即中情局或尼加拉瓜反政府军引发了快克可卡因大爆炸。科恩还认为,一直以来对反政府军贩毒事件视而不见的主流媒体,在回应"黑暗联盟"时,同样戏剧性地失败了。

"主流媒体,尤其是《洛杉矶时报》和《华盛顿邮报》的行为,就是直接对'黑暗联盟'系列发出责骂攻击,他们根本没有去调查中情局支持的尼加拉瓜反政府军与毒品交易之间更大的问题。"科恩说。这个报道让科恩回想到1987年的一个下午,当时他出席了国会山的新闻发布会,在发布会上,官方公布了参议院对"伊朗门"事件的最终报告。

"房间里的一名专栏记者问他们是否已经调查过关于尼加拉瓜反政府军贩毒的指控",科恩回忆,"一名《纽约时报》的记者却说,'来吧,让我们来谈谈正经事'。我们中的一部分人密切跟进此事。当时就只有几名记者知道这里有一个主流媒体从未给予重视的新闻事件。当加里·韦布的报道出现后,他们兴奋地开始口诛笔伐,想毙掉这篇报道,却从来没有审视过自己在那方面的不足与失败"。

科恩说,皮特·考恩布鲁是为数不多的跟进尼加拉瓜反政府军和毒品故事的人,此君在乔治·华盛顿大学的国家安全档案馆担任古巴文件项目和智利文档项目主任。同科恩以及其他人一样,考恩布鲁认为,韦布的文章通过暗示布兰登、梅内塞斯和罗斯三人集团在美国"快克"泛滥中所起的重要作用,进而得出的结论的确有几分过度阐释。同时,他也觉得,主流媒体更多的动力来自于自身所制造的争议风暴,而不是受韦布报道中的错误所激发;此外,从新闻报道的专业视角来说,他们在回应中表现得一边倒是站不住脚的。

"我认为,尤其是《洛杉矶时报》,同样加上另外两家主流媒体,他们针对'黑暗联盟'系列的回应是新闻业近代史上最浪费新闻资源的做法之一。"考恩布鲁说,"三十年来我从未见过这样的事情。如果那么多的精力,尤其是《洛杉矶时报》,当时能花在调查尼加拉瓜反政府军和毒品走私的丑闻上,肯定会很大程度地补充完善韦布的报道"。

批评"黑暗联盟"的三大主流报纸中,仅有《华盛顿邮报》后来质疑过自己的报道。1996年11月10日,在反韦布浪潮消退几周后,《华盛顿邮报》监察专员日内瓦·奥弗霍尔泽一边痛斥韦布"黑暗联盟"系列的缺点,一边承认主流媒体对韦布发起的"疯狂围堵"并不适宜——如她所言,这是一种"本末倒置"。

"报社的主要职责,是保护人民免受政府滥权的影响",奥弗霍尔泽说,"《华盛顿邮报》(及其他媒体)却在努力保护中情局免受他人新闻监督的过度使用……"

十年的光阴让人们了解更多,也使许多在纸媒上攻击加里·韦布的记者不再那样偏激。具有讽刺意味的是,里奥·沃林斯基所供职的《洛杉矶时报》当年批评"黑暗联盟"时最具攻击性,此时他却说如果韦布曾经为他工作就好了。"事实是,如果当时能有一个好编辑,就会出现一篇伟大的新闻报道",沃林斯基说,"我可以在《洛杉矶时报》就看到那篇报道的草稿,文章所需要的只是一名能提出正确问题的编辑。某种程度上,加里受到了太多责难。而他所做的,正是你期望一个伟大的调查记者所能做到的事情"。

第九章
认　错

虽然全国最大且最受推崇的几份报纸对"黑暗联盟"系列展开了枪林弹雨般的批评，加里·韦布还是相信他的主编会支持他。执行主编杰里·塞波斯在《纽约时报》《洛杉矶时报》和《华盛顿邮报》的专访中都为韦布辩护，甚至曾就《华盛顿邮报》对韦布的报道而给该报主编写了一封言辞犀利的信。

当《圣何塞信使报》其他记者对论战表示不满，并公开埋怨韦布时，塞波斯在报社的布告栏上发布了一份备忘，让他们不要公开讨论自己的观点。在报社的员工派对上，他还戴上军用头盔，得意地展示他在战火中的勇气。

韦布希望继续攻击批评他的人。他建议报道沃尔特·平卡斯与中情局的关系，以及《洛杉矶时报》是如何知晓1986年突袭搜查布兰登贩毒集团一事的——更何况《洛杉矶时报》明知从罗纳德·李斯特家中搜到了证据，却选择了放弃报道。"让他们闭嘴最好的办法，就是将我们所知道的全部报道出来,然后一直深挖下去。"韦布后来说他曾经这样告诉塞波斯。

然而,并不仅是韦布的诚信受到质疑,《圣何塞信使报》的公信力也同样受到质疑。塞波斯无心再发表新闻去抨击其他报纸。他想刊文回应这些批评。同时,他拿不准韦布是不是做这件事的合适人选,因此,他指派了报社里最有经验的调查记者皮特·凯里,以及洛杉矶记者站的帕梅拉·克莱默来撰写后续的文章。凯里在报社位于圣何塞的总部单干,而克莱默则和韦布一起在南加州实地调查。同时,塞波斯还允许韦布返回中美洲各国,收集更多的证据来支撑他的报道。

当韦布在哥斯达黎加采访新信源时,凯里和克莱默正在针对论战撰写后续的文章。"我的角色就是写后续报道。"克莱默说,"显然,公众的回应比《圣何塞信使报》的预想要大得多,从合法的利益团体到忌惮中情局的人都参与其中。我接到了很多电话,因为我的联系方式被收录在了《圣何塞信使报》的通讯录里"。后来,他离开了《圣何塞信使报》,转行去当老师。

克莱默在《克利夫兰实话报》实习期间,曾在办公室里见过韦布,但是在协助韦布进行洛杉矶的几个报道之前从来没有和其交谈过。他们不仅一起采访了曾在1986年突袭搜查布兰登贩毒团伙的副警长,还甚至找到了李斯特在加州米逊维耶荷的空房子。据克莱默回忆,房子所有的窗户都用锡纸糊上了。

"我被分到这个报道组显然是因为两点。"克莱默说,"不仅因为我在一年前曾申请同调查记者一起工作,还因为我是个'可靠的人'。道恩(加西亚)并非在诋毁加里,她那时认为加里深陷争议难得抽身,所以希望有另外的人助其一臂之力。这并非说我是一个间谍;这是一个团队进行报道。很酷!很有趣!"

克莱默对"黑暗联盟"系列的第一印象是,这是篇读起来令人激动的大作,但似乎略显浮夸——至少这是她在文章开头看到"快克可卡因大爆炸"时的感受。更重要的是,当她发现没有人告诉她报社要刊发这篇报道时,她感到很惊讶,毕竟自己是派驻洛杉矶的记者。"这是在我的后院,而我却什么都不知道。没有人告诉我。"她说。

完成了在洛杉矶的一个任务后,克莱默开车把韦布送到了机场,以便他能够搭上去圣迭戈的航班。韦布去储物柜取回它的行李时,克莱默在出发口等他。十分钟后,韦布还没有回来。"我正要从车里出来,并准备给长椅上的一个人十美元,向他描述一下加里的长相。"克莱默说。就在这时,一个警察过来敲她的车窗。"警察说:'你好,你是叫帕姆吗？楼下有一个人说你被绑架了。'"而事实上,韦布已经来到楼下的抵达口。"他认为中情局已经盯上我了。"克莱默说。

韦布坐飞机抵达了哥斯达黎加,与自由记者戈尔格·霍德尔一起,就梅内塞斯案及其与尼加拉瓜反政府军活动的关系问题,采访了当地的警察和检控官。霍德尔找到了反政府军飞行员卡洛斯·卡贝萨斯,此人声称自己曾将贩毒收益中的数百万美元运送给尼加拉瓜反政府军。缉毒署的报告显示卡贝萨斯是梅内塞斯贩毒集团的一员。他自称一直听命于一位在哥斯达黎加的名叫伊万·戈麦斯的中情局特工。霍德尔还找到了恩里克·米兰达,此人在尼加拉瓜国内指控梅内塞斯贩毒的审判中作了不利证明。米兰达告诉霍德尔,梅内塞斯长久以来一直在中情局的保护下进行毒品交易。

结束旅途回到加州后,韦布开始将这些发现写成文章。他确信他们能彻底解答有关布兰登事件以及梅内塞斯同中情局关系的疑问。除了他在加州调查到的一些新信息,他还握有一份由洛杉矶警方公布的关于1986年突袭搜查"布兰登-罗斯"贩毒网络的记录,长达3 000页。这些文件让他更加坚信,布兰登和梅内塞斯在洪都拉斯与中情局特工恩里克·贝穆德斯碰面数年后,布兰登仍在用贩毒所得资助反政府军。

韦布感到非常兴奋。"我已经完成调查了。"他后来回忆,"我以为编辑们会很高兴"。但是相反,什么都没有发生。"除了道恩,没有人喊我过去并告诉我他们已经读过文章。"韦布写道,"没人提出任何疑问,甚至没人表示我们已经在编辑这些文章了"。

韦布不知道的是,受命调查"黑暗联盟"争议风波的皮特·凯里已经花了数周时间,试图跟进韦布的文章,但最终徒劳无获,空手而归;同时,克莱默也在忙于报道黑人社区的回应。凯里的工作简直无异于是在全美最有影响力的报纸的枪林弹雨中,为韦布的"黑暗联盟"系列进行辩护。

在最近的一次采访中,凯里表示他在1996年10月与塞波斯谈话后就接到这一任务,那时媒体的批评正步入高潮。"我记得我走进了杰里的办公室,对他说:'老兄,我们需要针对这件事写一篇文章。'"凯里说,"我们真的是在挨打"。凯里让塞波斯确信,报纸必须在文章中承认《圣何塞信使报》遭受了全国各大主流报纸前所未有的批评。"这是我们欠读者的。"他告诉塞波斯。

当塞波斯让凯里去调查韦布的文章时,他的想法是,假若确实有人能够查出真相,那此人非凯里莫属。毕竟,凯里曾经为奈特里德报业集团报道过"伊朗门"事件,并且知道这个故事的基本框架。塞波斯推断,如果凯里发现韦布是对的,那么攻击"黑暗联盟"系列的报纸或许会承认,它们错误地中伤了《圣何塞信使报》。

不过,凯里说,当他想继续调查并推进这个故事时,很快发现这不是一件容易的事。凯里在查看布兰登庭审记录时,隐约觉得事情不太对劲。根据韦布的报道,布兰登的证词表明他"过去十年的大多数时间"一直都在进行毒品交易。但是,凯里却不能确信庭审记录所表达的内容。"里面有一些重要的证词是相互矛盾的,并且也没有出现在韦布的系列文章中。"凯里说,"这多少令人沮丧。我坚信必须讲出整个故事,不仅指出它的优点,还要指出不足。报道中有很多地方非常不明确"。

凯里最终得出了与之前研究布兰登证词的《华盛顿邮报》记者沃尔特·平卡斯及其他记者大致相同的结论:在布兰登开始跟"高速公路"里基·罗斯交易可卡因时,他已经同梅内塞斯停止交易,不再向尼加拉瓜反政府军输送资金。虽然这个结论是基于对布兰登证词的正确解读,看似合理,但是它忽视了洛杉矶警局 1986 年的报告记录。该记录显示,在布兰登开始向罗斯供应可卡因四年后,他依然将贩毒收益输送给反政府军。

当凯里针对布兰登证词中的矛盾之处与韦布对质时,韦布告诉他,这是因为布兰登撒了谎,将他为反政府军提供资金支持的时间跨度少说了若干年。然而,"黑暗联盟"系列曾明确断言,布兰登曾为反政府军提供数百万美元的贩毒收益,但凯里找不到任何证据支撑这一说法。"数百万美元这件事,看起来就像是一种错误的夸大。"凯里说,"这种事怎么可能会被夸大呢?因为你刚开始就找了两个完全不值得信任的毒贩。我的意思是,找一个不号称自己有中情局背景的毒贩给我看看"。

调查期间,凯里打了大量的电话,其中一个电话是拨给反政府军头目阿道夫·卡莱罗的。"太好了,终于能接到《圣何塞信使报》员工的电话了。"卡莱罗开起了玩笑。凯里向卡莱罗询问他与梅内塞斯在旧金山出席会议的照片。卡莱罗说他不记得曾见过梅内塞斯,因为他参加过无数次的反政府军募资会。凯里没有那么幸运,他没能找到那个神秘的中情局特工伊万·戈麦斯。卡贝萨斯曾透露说此人管理过梅内塞斯的毒品线。凯里曾一度听说戈麦斯可能已经搬到委内瑞拉去了,但那里有太多与他同名的人。

尽管凯里没法知道究竟谁是伊万·戈麦斯,但就算知道也毫无意义。正如中情局在1998年监察长报告中承认的那样,伊万·戈麦斯实际上是中情局在20世纪80年代派去哥斯达黎加的一个特工的化名。

虽然罗斯曾是洛杉矶最臭名昭著的"快克"贩子,凯里同样没能找到证据,足以支撑布兰登向罗斯供应可卡因这件事助推了全洛杉矶"快克"泛滥这一说法。而收集证据证明这一说法或许是凯里的主编乔纳森·克里姆的主要指令。凯里电话询问了三十名可卡因专家,没有一个人认同正是罗斯在将快克可卡因带入美国,或是让它最终在全美蔓延这一问题上起了关键作用。

"对于'快克'泛滥的原因,我们得到了一个更加微妙的观点。"凯里说,"这篇文章的三个主要前提似乎有一点站不住脚。不完全绕开故事的同时,理清故事的真相似乎是一个理智的做法。故事仍然引人入胜,比如两个毒贩向罗斯兜售可卡因,以及'快克'泛滥苗头初现(至少在洛杉矶)。所有这些素材令人印象深刻,故事叙述扣人心弦,但却缺乏事实依据。这对于小说创作是非常有利的,但是证据在哪里呢?"

1997年2月初,道恩·加西亚将凯里的文章初稿发给了韦布,内容主要讲述了洛杉矶"快克"市场的出现。文章称布兰登、梅内塞斯以及罗斯无法单独引发快克可卡因大爆炸。"这三个人的活动细节,包括谁在什么时候干了什么,这些都不能改变'快克'泛滥的整个过程。而这一泛滥在20世纪80年代中期以海啸般的速度和破坏力席卷了多个美国城市。"凯里如此总结。

韦布感到被出卖了。"让人惊讶的的是,这篇文章实质上重复了《洛杉矶时报》刊发的那些文章的观点。"他后来回忆,"我不敢相信。我尊敬凯里这个记者。1989年,我跟他合写了一篇文章,获得了当年的普利策奖。但是,在这件事情上,他似乎采纳了政府的官方解释,并且完全相信了这一解释"。

接下来的几个星期,韦布见了凯里、加西亚、克里姆以及塞波斯,并与他们就《圣何塞信使报》应该如何处理凯里的调查结果进行了争论。最终,他们决定放弃刊印凯里的文章,取而代之的是刊发一篇由塞波斯写的姿态鲜明的公开信。

克里姆说,当他看到凯里的调查作品时,他感到很难过。"考虑到我们遭受的抨击,我觉得,代表我们的执行主编、我们的出版商,最重要的是我们的读者,向抨击我们的那些家伙发出回击,向他们表明我们能坚定地捍卫我们的报道,没有比这更能令我欣慰的了。"他说,"作为一个不信神的人,我尽了自己最大努力,祈祷能有个好结果。然而,我们重新调查的结果却使我们深感困扰"。

尽管克里姆一度希望能获得更强有力的直接证据证明中情局和贩毒团体之间关系,不过,总体上,对于文章中提到的中情局与一些毒贩之间存在的关系以及部分资金被用来资助反政府军活动,他感到满意。"加里出乎所有人意料地用公开材料最大程度地证明了这一点。"他说,"这是一篇非常好的文章。虽然当中有一些错误被他们拿来攻击我们,在我看来,这些错误并不能否定这篇文章的基本假设"。

克里姆坚决表示,如果有任何证据能够反驳对"黑暗联盟"系列的攻击,他非常乐意把它刊登出来。对于报社回避这篇文章,并且他和其他主编只是在其他媒体攻击的压力下就屈服了这样的说法,他感到非常愤怒。"没有什么比读到'《圣何塞信使报》管理层是如何胆小地缩在角落里寻找解决办法,甚至很高兴通过牺牲加里·韦布来寻求出路'这种说法更让我气愤甚至感到冒犯了。"他说。

在塞波斯考虑下一步行动时,韦布重新投入工作,试图挽救"黑暗联盟"系列。三月份,他飞到迈阿密,采访了名叫罗纳德·利珀特的前中情局飞行员,此人曾为反政府军运送过武器。利珀特告诉韦布,他曾帮助缉毒署运送流亡美国的反政府军支持者约翰·赫尔逃离哥斯达黎加。玛莎·哈尼十年前曾在洪都拉斯调查过此人。在韦布的一次采访中,赫尔证实了这一点。

"我兴奋极了。"韦布后来回忆,"现在我知道缉毒署协助支持一位被指控走私毒品的中情局特工逃跑的整个故事了,而司法部门也介入其中,以保护缉毒署参与此次行动的那名特工"。然而,1997年1月,当韦布告诉加西亚他的这些发现时,加西亚没有回应。

加西亚说,当她看到韦布关于赫尔逃离哥斯达黎加的最新调查发现时,她意识到这很难回击这篇文章所遭受的批评。"我们谈过很多次,但是,我很难从加里的报道中清晰地读出结论。"她说,"当我读到加里提交的四篇后续报道的初稿时,我的心为之一沉。他带回来的是一个完全不同的故事。故事主要是关于缉毒署的,这跟此前的文章有关联,也非常有趣,但却无力回击对我们的批评。所有读过那四篇文章的编辑都认为:'哦,不,这并不会起什么作用。'它是一场结束的开始"。

3月25日,塞波斯在家里给韦布打了个电话,告诉他做了一个"非常艰难的决定"。报纸将刊印一封致读者的公开信,承认"韦布的文章中存在错误"。塞波斯将他要写的内容初稿传真给了韦布。文章称,《圣何塞信使报》应该指出布兰登曾声称他在1983年停止了与反政府军进行毒品交易,而且并没有充分的证据证明此人曾向叛乱分子输送数百万美元。文章还承认韦布的报道缺乏直接证据证明中情局知晓毒品交易,而且布兰登、梅内塞斯和罗斯并未引发"快克"泛滥。

加西亚认为,塞波斯觉得他一直都在支持韦布,并且觉得韦布在中美洲的调查误导了他。"加里提交的文章不是我们之前让他调查的内容。"加西亚说,"这很艰难。同时,加里觉得他被坑了。我不知道加里是否认为他的文章会止住所有对我们的批评。他似乎对他所获得的结果非常兴奋,但是,我打心底认为,他必须明白,这并没有直击要害,也不是编辑们要求的东西。他或许并不在意;他觉

第九章 认错

得他做得很好"。

韦布开车去圣何塞见他的主编。他非常愤怒,部分原因在于,在他的初稿中,他写到了布兰登声称他在1983年停止向反政府军提供资金支持这一事实,可是加西亚和他本人都认为布兰登很可能在说谎,于是他们删除了布兰登的这段引语,以节省版面。在韦布1998年出版的书中,他承认这篇文章中存在"错误"。"但是,这篇稿子并没有提及此事。"他说,"如果我们想要完全公开这一问题,并诚实地对待读者,我要求同样公开下述'没有做到的地方'"。

在与塞波斯的会面中,韦布罗列了以下错误:他的编辑们,尤其是亚诺德,是如何要求更突出中情局与布兰登-梅内塞斯贩毒集团的关系;将文章从四章删减至三章是如何破坏了他们现在认为非常关键的细微差别;在报道发表前夕,编辑由亚诺德换成保罗·范·斯兰布鲁克又是如何进一步使文章变得更加混乱。韦布要求《圣何塞信使报》将他的回应放在他们准备刊发的致读者信中。

塞波斯告诉韦布,他不想要公开信过于"个人",但是这未能阻止韦布去电台谴责他将之视为"怯懦的背叛"的行为。"我不知道为什么加里不明白,公开斥责自己的报纸对他一点帮助也没有。他或许太生气了,无法克制住自己。"加西亚说,"用塞波斯的话说,加里交上来的仅仅是一些注脚,如果并非只是注脚,整个编辑过程可能会更严肃,即使它们都很切题。加里说报纸拒绝刊登这些能够证明他正确的文章。但是,如果加里找到了任何能够回应针对我们的批评的证据,我们绝对会刊发"。

塞珀斯的致歉信于1997年5月11日刊登。不顾韦布的反对,文章中并没有包含他的回应。虽然这篇文章承认"黑暗联盟"系列出现了一些重大失误,但它还是为韦布报道中的很多地方进行了辩护。"一些有争议的信息难道就能否定我们所有的努力?"塞珀斯问道,"我坚信答案是否定的,而且这篇文章的很多关键信息是正确的"。

虽然这篇专栏并未表示报社要撤回或否定韦布的报道,但在大部分人看来就是这样,这也是韦布预料到将会发生的事情。中情局公共事务部主任迈克·曼斯菲尔德无疑对塞珀斯的专栏文章感到非常高兴。"很高兴看到大多数媒体,包括《圣何塞信使报》自身,都严肃并且客观地看待了这篇报道。"曼斯菲尔德在1997年的采访中对我说道。曾经批评"黑暗联盟"系列的那些报纸同样开始沾沾自喜。三大主流报纸的头版都是关于这件事的报道。《纽约时报》措辞傲慢的一篇社论写道:"《圣何塞信使报》坦白地认错了。"

加西亚表示,有的媒体对每个报道参与者都进行了人身攻击,包括塞波斯和她自己。"《哥伦比亚新闻评论》1997年7月刊登的一篇文章,提到我最近离婚了,并将我描述成一位'年轻的拉丁裔女性',就好像这些信息和之前的系列报道有什么关系似的。"她说。

相比一些媒体试图摧毁韦布的可信度来说,这些冷嘲热讽倒显得仁慈了。在塞波斯刊出了致歉信后,《纽约时报》记者艾弗·皮特森针对韦布的职业生涯写了一篇言辞尖刻的评论,内容主要集中于他在《克利夫兰实话报》任职期间的诉讼案,以及因他在《圣何塞信使报》上发表那篇天腾电脑公司的报道所引致的投诉,而对韦布的众多成就闭口不提。"这场争议……让我们对韦布有了更多的审视,他毫不留情的报道风格以及自我抬高的倾向,不仅引起了其报道对象的批评,也受到了来自同事的批评。"皮特森写道。

这篇评论刊登数月后,一个记者会议上,韦布在《克利夫兰实话报》工作期间的同事,如今任职《纽约时报》的沃尔特·博格丹尼奇在一个小组讨论中指责了皮特森的这篇评论。"那篇文章几乎没有提及加里所做过的哪怕一件好事。"沃尔特·博格丹尼奇说道,"它没有提及他所取得的成就,或者他所更正过的错误,其实这类素材俯拾即是。这不公平,文章把他塑造成了一个怪人"。

在这次会议上,博格丹尼奇偶然碰到了韦布。他没有想过韦布会在这里。"他似乎有些变化",博格丹尼奇说,"他不再爱笑了。他已经不是我过去记忆中的那个韦布,这种变化也不难理解,因为他当时就像身处绞肉机里一样"。韦布感谢了他的前同事说的那番话;后来,两人就再也没有交谈过。

在尼加拉瓜,当得知《圣何塞信使报》已经否定了韦布的文章后,右翼媒体进行了庆祝。曾帮助韦布调查此事件的瑞士记者戈尔格·霍德尔收到了很多威胁信。六月,他被一群武装分子在公路上追赶得慌不择路。由于担心生命安危,他最终逃离了这个国家。我一直没能找到霍德尔进行采访。

与此同时,韦布告诉其他记者,那封致歉信令他"反感"。"但最让我反感的是,那些主流媒体利用这篇文章来为中情局做过的所有错事开脱。"他在 1997 年的一次采访中告诉我。"加里非常愤怒。"凯里回忆,"他明显正在走向报纸的对立面。他就像在说:'来吧,开除我吧。'我认为在读到塞波斯的文章之前,他一直有点盲目乐观。而事态的发展确实让他失控了"。

韦布认为他一直都在被审查——他写了四篇后续文章跟进他的报道,但是他的编辑们却拒绝刊登。华盛顿的脱口秀主持人乔·麦迪逊让他的听众打电话给《圣何塞信使报》,要求他们刊登这些文章。该节目盛赞作为替罪羔羊的韦布,并且攻击塞波斯,说他屈服于商业上的压力。很多偏执的网络观察者猜测,塞波斯是在依照中情局的命令行事。

在塞波斯发表他的致歉信后不久,法国电视记者保罗·莫雷拉就飞到加州采访了韦布。莫雷拉曾报道过1989年尼加拉瓜内战,期间在尼加拉瓜的希诺特加附近被反政府军侦查员逮捕,差点遭处决。"反政府军非常残忍。"莫雷拉说,"他们的精良装备让我感到很震惊。同他们相比,桑地诺政权的士兵看起来就像是一群流浪汉"。

当莫雷拉采访韦布时,他注意到韦布的同事们似乎不喜欢媒体的关注。"显然,他们并不希望韦布一直为自己辩护。"他说,"我来做这个新闻,是因为我看得出他报道的核心内容是真实的。我看过证据,也就是那些文件。我感到把他攻击成这样是很不公平的"。

韦布和他的编辑们的另一个争执点在于,有几家出版巨头开出丰厚稿酬,邀请韦布写一本书。但是,塞波斯告诉韦布,如果他要出版一本书,他必须辞去现在的工作。苏回忆,邀请韦布写书的出版商中包括了西蒙·舒斯特出版公司(Simon & Schuster),该公司至少会支付十万美元。"加里本可以这么做",她说,"但是,他仍然对报社保持绝对忠诚。我不认为我能改变他的想法"。

韦布对《圣何塞信使报》的忠诚,以及他为了继续留在报社而放弃出版图书赚取丰厚报酬这一决定,让他自认为问心无愧,当编辑们拒绝刊登其跟进报道后,他更是理直气壮地为自己辩护。"在'黑暗联盟'系列报道发表后,加里的命运就不是由他的作品来决定了,而是取决于他在这场风波期间以及在那之后的行为。"乔纳森·克里姆说。韦布只是没有很好地回应批评。"他往往不是用理由充分的论点来回应疑虑,而是控诉我们把他出卖了。"克里姆指出,"在那种情况下,怎么可能再指望编辑们会在敏感的报道选题上相信加里?"

加西亚表示,她为韦布感到难过,但也觉得他一直是他自己最大的敌人。"不论是在报社里还是在报社外,对加里正在经历的一切,我也同样感到不好受。最终,在某种程度上,我感到被加里背叛了。"她说,"我很努力地去帮助他做这个系列报道。作为他的编辑,我是他的主要支持者,并且我也尽力让文章不受他某些不良本性的影响,不遗余力地和他一起为报道中提到的每个观点仔细检查相关的证据,一遍又一遍"。

最终,加西亚说她开始相信韦布为报道收集的信息是矛盾的——主要是布兰登证词的不一致——而他并没有告诉她。"当我向他询问的时候,他说他认为这个并不重要。"加西亚说,"如果我知道他掌握的所有信息,我想,我可能会帮助他写出一篇文章,这篇文章将同样重要,但会更加不同。我不会得出与他一样笼统而草率的结论,让我们最终在各个方面都无法支持这些结论"。

六月初,塞波斯打电话给韦布,向他下了最后通牒。他必须接受来自报社对他的重新指派:要么在圣何塞的报社总部——不过他在那里会受到更加严密的监视——要么正如他的雇佣合同中明确规定的那样,他可以去位于库比蒂诺市一个更不起眼的记者站工作。在与苏交谈后,韦布接受了库比蒂诺市的工作,而这个地方在业界相当于新闻墓地。这是明显的降职。据苏回忆,韦布离开的那一天,称得上是他人生中最悲伤的时刻。"这压垮了他。"她说道,"他离开的那天晚上一直在哭。他感到自己像是被他的家庭抛弃了"。

韦布的大儿子伊恩说,父亲被报社调离让他第一次意识到父亲很绝望。他目睹了韦布在"黑暗联盟"系列报道上付出的努力,那时候韦布连着几周甚至数个月都不在家。"因为人们都不愿相信他披露的东西,他便遭到攻击。"伊恩说,"这无疑让他十分绝望。这让我们每一个人都感到绝望。我以前通常每天都可能见到爸爸,后来只有在周末才能见到一次。这糟透了"。

韦布搬到了库比蒂诺市一间配有家具的公寓,距离苏和他的三个孩子有150多英里。他不再从事重要的调查性报道,而是被分派去报道交通事故以及走失小狗这样的日常事件——这类报道是他二十年前在肯塔基刚入行时做的事情。韦布拒绝在报纸上署名。他在那里的第一篇报道,是关于一匹死于便秘的警马。与此同时,他继续努力通过报社的工会争取调离。

"住在这种汽车旅馆级别的房间,挺惨的。"韦布在1998年告诉作家查尔斯·鲍登,"我真的越来越绝望。仲裁听证会几乎让我窒息。最终,我只能给苏打电话。大多数时候我都非常气愤,总是会在半夜醒来"。八月,韦布被

第九章 认错

诊断患上重度抑郁。在与医生交谈后，他向报社请病假。"医生说我的压力过大；我居住的环境也不健康。"韦布告诉鲍登，"在我开始去看医生并谈论病情时，我才发现情况比我意识到的要糟糕得多……我感觉我似乎已经穷途末路"。

写着对他来说毫无意义的新闻，并且每周返回萨克拉门托——这样的日子坚持了数月之后，他完全找不到任何留在报社的理由了。"加里不喜欢放弃"，苏说，"但是，他已经疲于抗争"。1997年11月19日，他正式向《圣何塞信使报》提出辞职。韦布告诉鲍登，在辞职信上签字前，信已经在他的公文包里放了好几个星期。"在信上签名就意味着我记者生涯的结束。"他说，"我将之视为某种程度上的投降。这就好像是在签我的……死亡证明一样"。

从事新闻事业二十年，一年前刚刚发表了人生中最重大的一篇报道，然而，此时此刻，加里·韦布却突然发现自己失业了。

第十章
李斯特

《圣何塞信使报》正式宣布加里·韦布辞职后不到一周，中情局对"黑暗联盟"系列报道做了正式回应。虽然该报告当时尚未公之于众，但中情局向在这场风波中对韦布批判最为激烈的《洛杉矶时报》透露了一份执行摘要。

该报记者道尔·麦克马纳斯和詹姆斯·里森于12月18日发表了一篇报道，题为"中情局调查洗清对洛杉矶'快克'事件的责任"，得意之情尽显。"中情局已完成报告，宣布对快克可卡因流入洛杉矶没有责任。"但细究该报道便知，中情局检察长并未审问参与支持尼加拉瓜反政府军的多位前特工。虽然麦克马纳斯和里森称这篇报告是中情局史上最"深入"的报告，但中情局调查员没有权力强迫任何人发声。

一位中情局前官员承认，中情局审问过他，"不过是避免疏漏，走过场而已"。中情局前官员杜安·克拉里基曾指挥与桑地诺支持者的秘密战争，他拒绝回答任何问题。

他告诉《洛杉矶时报》,他向中情局写过一封信,称此次调查是"扯淡"。皮特·凯里为《圣何塞信使报》报道了此次报告的发布。报道指出,一位目击者声称,中情局知道其在各项任务中任用的人员参与了毒品走私,而中情局调查员就此与该目击者有过争论。"你们这帮家伙根本不想知道真相!"凯里引用了该目击者对中情局说的这句话。

虽然中情局的自我辩白登上了美国主要报纸的头版,但真正的报告在一个月后发布时却没有引起同样的关注。当时正逢媒体开始对莱温斯基丑闻进行连篇累牍的报道。虽然报告的大部分内容并未包含直接洗白"黑暗联盟"系列报道的只言片语,但中情局首次承认插手了1983年1月臭名昭著的"蛙人"案——当时,尼加拉瓜一伙走私者在旧金山海域刚刚卸下430磅可卡因便遭逮捕。

这伙走私者被捕一年后,中情局要求美国司法部归还从走私者身上没收的36 800美元。中情局认为,这笔钱并非毒资,而是为尼加拉瓜反政府军筹集的资金。在报告中,中情局声称,这么做是"为了保护一项经营性资产,即中情局有经营利益的支持尼加拉瓜反政府军的组织"。中情局律师要求处理"蛙人"案的联邦检控官不要上报这一请求,因为"有足够的事实性细节将对我们的形象和我们在中美洲的计划造成一定的损害"。

根据韦布发现的执法记录,贩毒集团的头目正是诺文·梅内塞斯。然而,缉毒署从未指控参与贩毒阴谋的梅内塞斯,中情局报告中有关"蛙人"案的部分也没有提到他与走私活动的关系。

中情局在发布1998年报告后不久,司法部检察长公布了司法部调查的结果,这一结果也洗清了中情局的不轨行为。"在数年的时间里,梅内塞斯接受了几次调查。"报告称,"虽然美国缉毒署从未获得起诉梅内塞斯的足够证据,但他的有些同伙还是被成功起诉。与《圣何塞信使报》报道相悖的是,这些调查被终止,并不是因为梅内塞斯与尼加拉瓜反政府军或中情局存在被指控的关系"。

司法部还称,虽然布兰登是主要走私者,但并没有找到证据表明布兰登向尼加拉瓜反政府军提供了"大量"贩毒收益。至于布兰登的同伙罗纳德·李斯特,报告称,虽然警方1986年在他家缴获的文件"在很大程度上证实了他的陈述,即他在试图向尼加拉瓜反政府军和萨尔瓦多造反派贩卖军事和安全设备,以及武器",但司法部"并未找到证据,证明布兰登这桩买卖成功了"。

调查员确实发现了一份关于一个告密者的联邦调查

局备忘录。该告密者偷听到李斯特在酒后炫耀自己听命于奥利弗·诺斯——诺斯是里根政府的尼加拉瓜反政府军秘密军备供应网的掌舵者。虽然司法部称并未找到证据来支持或反驳这一声明,但在诺斯的笔记中找到的一张"操作母港"代码纸显示,诺斯也许是凑巧将"李斯特"这个词打成了"顾问"的代码。这张代码纸上,从"导弹"到"手榴弹",从"黎巴嫩"到"人质",各种敏感词语的代码一应俱全。

报告还显示,1983年至1986年间,联邦调查局对李斯特的多笔武器交易调查了至少五次。1983年9月,因非法向萨尔瓦多和"其他国家"售卖武器,以及操作沙特阿拉伯给萨尔瓦多政府的秘密贷款,李斯特受到联邦调查局调查。司法部并未详细说明这些交易的细节,只是简单地下了结论,即这些调查都不支持李斯特关于与中情局有密切关系的声称。"我们并未发现他与中情局有这种密切关系。"报告称,"相反,此种言论是李斯特使用多年的欺骗手段之一,试图遮掩他的非法行为"。

李斯特的案件没那么简单,但这是司法部、批评"黑暗联盟"系列报道的报纸,以及中情局不屑承认的。作为《奥兰治县周报》的调查记者，我花了几个月的时间调查李斯特和他关于与中情局有关系的声称。虽然李斯特说谎成性，且毕竟是个瘾君子，但他的朋友和业务往来伙伴，包括了中情局前官员和20世纪80年代活跃于中美洲等地的特工。司法部和中情局从未对这些奇怪的关系——对韦布的批评者而言，是足以带来麻烦的关系——做出足够的回应，且至今仍拒绝发布关于李斯特的未经审查的文件，理由是顾及"国家安全"。假定李斯特没有参与涉及国家安全的事件，这一声称不免令人生疑。

《洛杉矶时报》对"黑暗联盟"系列的回应是，李斯特是骗子。该报还援引李斯特的雇员克里斯托弗·摩尔的证言，即李斯特对他说的话"十分之九"他都不相信。克里斯托弗·摩尔曾与李斯特去过萨尔瓦多。《洛杉矶时报》还指出，被称为李斯特的中情局联系人的斯科特·威克利并非中情局特工，而是20世纪80年代早期的一名右翼雇佣兵。他曾与美国特种部队前陆军中校博·格里茨在老挝搜寻美国战俘，但徒劳无果。格里茨的回忆录《应征服役》里有威克利在丛林里的照片。照片里，威克利正在编织写着"快乐里根"字样的当地特有的篮子，显然是送给当地人士的礼物。

据20世纪80年代早期的媒体报道,人称"死亡博士"的爆炸专家威克利是在越南赢得过两枚青铜星章的海豹突击队成员。虽然"海豹审查"(VeriSeal)——一个监视假冒海豹突击队成员者的组织——声称没有威克利在本机构服役过的记录,但威克利确实在美国海军军官学校就读了三年。不过,他未能毕业。他的律师林恩·鲍尔告诉我,他因与一位海军上将的女儿有染而被退学——他的一个同班同学,正是奥利弗·诺斯。

在"黑暗联盟"系列见报后,洛杉矶警方又审问了李斯特和威克利,调查他俩与中情局的关系。李斯特和威克利都承认曾共事,但拒绝透露细节。李斯特告诉警方,他们把重心放在中情局是错的。"你们得记住,外面活跃着32个情报机构;中情局只是其中一个。"李斯特说。在从李斯特家里缴获的笔记上,威克利被称为美国国防情报局的一个"转包商","在萨尔瓦多为我们效力"。调查员向威克利问起国防情报局时,他拒绝确认或否认与该机构的关系。"我这么说吧,我与国防情报局势不两立。"威克利说,"国防情报局不算什么东西。就我个人而言,就算他们火烧眉毛了,我也不会往他们身上撒泡尿"。

警方的报告没有解释威克利对国防情报局的仇恨,但这可能与他1986年的走私案有关。当时,他在一架从俄克拉荷马城飞往拉斯维加斯的国内航班上偷运了塑性炸药。因为拒绝解释这么做的原因,威克利蹲了14个月监狱。但他曾与国家安全委员会的国防安全援助局在一次秘密行动中合作,调查内华达的联邦政府土地。法官在确认这一点后,便将他释放了。威克利在俄克拉荷马城受审的法庭记录显示,炸药是在一次秘密行动中使用的,目的是通过教阿富汗多个反对派武装使用炸药而助其团结。

在威克利的减刑听证会上,威克利和格里茨作证,秘密行动的地点在内华达沙漠,并得到了美国陆军上校内斯托·皮诺的允许。内斯托·皮诺曾效力于奥利弗·诺斯所在的国家安全委员会,由斯坦福科技的雇员奥斯曼·卡尔德瑞姆支付工资。斯坦福科技是一家私企,由奥利弗·诺斯在"伊朗门"事件的两个同伙理查德·西科德和艾伯特·哈基姆创立,用来帮助武装尼加拉瓜反政府军。格里茨在书里公布的介绍信显示,李斯特声称威克利效力于中情局,消息广为传播。几天之内,威克利和格里茨就在白宫与国家安全委员会官员会面,讨论内华达行动。

2001年,法国电视记者保罗·莫雷拉就阿富汗的秘密任务采访中情局前特工米尔顿·比尔登。比尔登曾指挥中情局在阿富汗的秘密行动。"中情局可能参与了博·格里茨的这码事。"比尔登说,"我知道这件事,了解这件事。确实存在这样的事,不过这都不算什么事"。比尔登的话——在"黑暗联盟"系列发表五年后——首次确认了威克利曾为中情局效力。这也直接驳斥了中情局与威克利没有任何瓜葛的信誓旦旦的宣称,当年正是这一宣称加剧了主流媒体对"黑暗联盟"系列报道的攻击。

据莫雷拉称,比尔登是在"9·11"恐怖袭击事件后不久说的这番话。"他对我知道博·格里茨这个人的存在感到很惊讶。"莫雷拉说,"在法国,我们把格里茨和威克利这样的人叫做'胡子',或者'胡须',因为他们是一帮非法之徒,时不时被政府机构利用,做些难言合法的事情。你没法跟这种人作对"。

在监狱里,威克利与马克·理查兹("伊朗门"事件的一位检控官)的调查员谈起自己在中美洲参加中情局行动的事。1987年,在一份依据《信息自由法案》而从国家档案馆获取的证词中,理查兹称威克利"发布(了)一段录像,说自己与中情局和(尤金)·哈森弗斯关系密切"。他所说的"哈森弗斯",是一个受雇于中情局的倒霉临时工,1986年10月驾机飞经尼加拉瓜上空时被击落。理查兹称,威克利的电话记录显示,他给国家安全委员会官员打了几个电话,且他的调查员发现了威克利与格里茨以及圣迭戈一个叫提姆·拉弗朗斯的人共事的证据。

1997年初,我试图去威克利在圣迭戈的住所就李斯特一事采访他,吃了闭门羹。我在他家栅栏前观望时,他握紧拳头,直接朝我冲过来。一听说我是个记者——手无寸铁,只有一个平板电脑和一支铅笔——他便进了屋,拒绝回答任何问题。

然而,格里茨告诉我,威克利很可能已经在圣迭戈的一个自动武器经销点见过李斯特。通过美国酒精、烟草与火器管理局,我发现在圣迭戈售卖自动武器的经销商只有为数不多的几个,包括"拉弗朗斯特供品公司"。该公司的老板拉弗朗斯——理查兹在记录里提到的那个拉弗朗斯——只为世界各国的政府和军队客户服务。

在1996年至1997年的一系列采访中,拉弗朗斯称他跟李斯特与威克利一起去过萨尔瓦多,还说李斯特是中情局的财富,且此人的安保公司是中情局"垂青的卖家",被用来"干中情局干不了的事"。"很少有直接为中情局效力的人。他们打交道的一般是些臭名远扬的混蛋。跟李斯特打交道,他们是在贼窝里碰到好人了。"拉弗朗斯如是感慨。

　　表面上，李斯特去萨尔瓦多是要与当地的武装部队谈判，向其出售武器和安全设备。拉弗朗斯透露，他以个人名义向美国国务院申请临时进出口许可证时，知道李斯特有高层人脉。"许可证两天就拿到了"，他说，"通常要三个月才能拿到"。在萨尔瓦多时，拉弗朗斯称他们与"阿特拉卡特"快反步兵营在一起。"阿特拉卡特"快反步兵营是一支由美国训练的精英部队，在内战时曾是萨尔瓦多军队的骄傲。"他们给了我们一个机会来展示我们的硬件。"

　　拉弗朗斯接着透露，他们一到萨尔瓦多，真正的使命就开始了：向尼加拉瓜反政府军出售武器。政府文件显示，李斯特在萨尔瓦多引人耳目。一份根据《信息自由法案》向国家档案馆提交的档案查询申请发现，国家档案馆有一份联邦调查局1987年5月12日那天的报告，涉及李斯特在萨尔瓦多一事。报告记述了当月与费德里科·克鲁兹的一次面谈。为了知道李斯特的行踪，克鲁兹曾在阿拉巴州莫比尔联系过一个联邦调查局官员。克鲁兹是萨尔瓦多华美达酒店的老板，他称李斯特在1982年到过萨尔瓦多，"向尼加拉瓜反政府军出售武器"。克鲁兹还告诉联邦调查局，与哈森弗斯一起工作的中情局小组成员当时待在他的酒店里,在哈森弗斯的飞机被桑地诺政权支持者击落之后,有人搜查了他们的房间。

1982年10月的一份合约要约进一步证明李斯特曾在中美洲从事过不同寻常的"安保"工作,这份要约四年后在李斯特家里搜获,并于1996年由警察局公布。要约用西班牙语书写,是写给萨尔瓦多国防部长约瑟·吉列尔莫·加西亚的。加西亚和李斯特的另一位萨尔瓦多生意联系人罗伯托·德奥布伊松一样,上过美国陆军学校——这里毕业的学生不乏中情局在拉丁美洲的秘密线人,以及侵犯人权的暴徒。

军政府的一名成员在1979年执掌萨尔瓦多,加西亚帮着掩盖了1981年"阿特拉卡特"快反步兵营在萨尔瓦多的厄尔蒙左提村屠杀八百多村民的事件。2002年,他和自己的继任者,萨尔瓦多国民警卫队的指挥官卡洛斯·欧金尼奥·维迪斯·卡萨诺瓦,被几个萨尔瓦多饱受酷刑折磨的受害人起诉,佛罗里达州的联邦陪审团裁决他们赔付5 460万美元。

在1982年10月的萨尔瓦多,加西亚(该国的军事领导)和德奥布伊松(名声在外的右翼暗杀队领导)是最具权势也最让人恐惧的两个魔王。以这两个人为首的恐怖统治,导致每个月有数百人失踪和被谋杀。恰如琼·蒂蒂安在《萨尔瓦多》一书中所言,68%的政治谋杀发生在那个月的前半个月。

"在1982年10月末",蒂蒂安写道,"美联社、合众国际电视新闻、NBC、CBS以及ABC设在圣萨尔瓦多皇家卡米诺酒店的办公室,都被带着冲锋枪的萨尔瓦多国家警察突袭搜查;15名法律认可的政治和劳工组织的领导也失踪了……萨尔瓦多国防部宣称这15名失踪的团体组织领导中有8人实际上已被政府监禁。而美国国务院当时宣布,里根政府相信里根的竞选活动已经使中美洲的政治局势转危为安。"

在那场大屠杀期间,李斯特曾向加西亚和其他萨尔瓦多国防官员主动提议,可为其提供安保服务,包括中情局培训的人身安全专家的专业技能,以及"独特武器"的生产制造。在那份要约的首页,李斯特的"技术主管"理查德·E.威尔克的名字赫然在目。据拉弗朗斯回忆,正是威尔克将他介绍给李斯特。"威尔克通过中情局了解到我很多信息。"拉弗朗斯说,"他当时说,他有个朋友想和我谈笔交易。我打电话核查了一下,然后兰利(中情局总部所在地)方面告诉我说(威尔克)那时还为中情局工作。所以,我就开始跟李斯特以及威尔克做生意了"。

查询一下加州的公司记录,在李斯特的公司信息上没有列出任何一位名为李斯特的人,威尔克则为另一家新港滩公司 Intersect 工作。该公司的一位股东约翰·万德维尔克回忆,李斯特和威尔克离开萨尔瓦多的时候并不容易。他否认那两个人都为中情局工作,但却焦虑不安地承认自己就是位中情局退休的特工。

公司的创建人罗伯特·巴里·阿什比住在弗吉尼亚北部。在1996年的一次采访中,阿什比回忆,李斯特和威尔克曾一起去过萨尔瓦多。他也否认李斯特或是威尔克跟中情局有瓜葛,而且说他之所以知情,是因为他曾供职中情局,在20世纪70年代中期才退休。当我告诉阿什比,李斯特是一名已被定罪的毒贩,而且他本人一直声称自己为中情局工作时,阿什比开始变得紧张。"你有没有想过,有些人可能会对你正在写的东西有意见?"他说。

被《洛杉矶时报》称为只是一个"骗子"的李斯特,却和退休中情局特工们关系不错,这起码可以说是件很怪异的事情。但李斯特甚至还有更多不同寻常的朋友。韦布在调查"黑暗联盟"系列的时候,发现李斯特显然与一位曾负责中情局秘密行动的退休官员经常碰面。李斯特的雇员克里斯托弗·摩尔告诉韦布,他与德奥布伊松见过面,还说在离开萨尔瓦多之前,李斯特曾频繁地与奥兰治县一家建筑公司的主管见面,而李斯特曾声称此人是一位前中情局官员。

"我记不住他的名字了,但是罗恩当时老是跑去见他。"摩尔告诉韦布,"罗恩说这家伙曾是一位中情局要员,职位相当高。我所知道的就是,他的这位联系人当时在福陆公司上班,因为我给罗恩拨电话时打到过那里几次。"在李斯特和摩尔准备前往饱受战乱的萨尔瓦多之前,李斯特曾告诉摩尔,他们在旅途中会有人保护。

突袭搜查李斯特家的时候,探员们发现了一份李斯特手写的生意联系人清单。与斯科特·威克利和罗伯托·德奥布伊松名字相邻的,是一个名为比尔·尼尔森的人。警探在1996年审问李斯特关于尼尔森的问题时,他说尼尔森只是福陆公司安保部门的副主管,这很明显是在轻描淡写。20世纪90年代早期,《国家》杂志的大卫·科恩在威廉·E.尼尔森新书《金发幽灵》出版时采访了他本人,该书是中情局特工泰德·夏克雷的传记。尼尔森认识夏克雷,是因为在加入福陆公司之前,尼尔森曾是中情局行动组的副主管。

尼尔森1995年死于自然原因,所以也没有办法查询为什么他的名字会出现在李斯特的清单里。直到韦布"黑暗联盟"系列报道发表六年后,我才收到一份严重删减过的关于李斯特和尼尔森的联邦调查局档案,算是对我当时根据《信息自由法案》提出的查阅申请的回应。该档案证实李斯特和尼尔森确实有过八年的商务合作关系。但这段关系的确切本质仍然不清晰,因为联邦调查局拒绝公布那些已删减的副本,声称若公布会危及国家安全。

但从这份严重删改的文档也可以明显看出,1985年,李斯特仍在为尼加拉瓜反政府军从事贩毒收益的洗钱活动,并一直向布兰登提供武器;也正是当年,联邦调查局开始调查他的一笔国际武器交易。调查不知为何牵连到了尼尔森,他当时告诉联邦调查局,在李斯特被联邦调查局盯上后,他已停止跟李斯特做生意了。尼尔森承认曾打电话给其他中情局退休特工,要他们站在李斯特一边,与此同时,他却告诉李斯特,"在你从联邦调查局的调查中洗白脱身前,中情局里没人能帮你"。

尼尔森也承认李斯特在向大陪审团供证前征求过他的意见。"他(李斯特)提到了和联邦调查局的会面,还说自己曾被旧金山的大陪审团传唤过。"中情局的备忘录里载明,"他跟尼尔森说自己很害怕。尼尔森让他离开……(李斯特)承认自己很蠢,做了错事。尼尔森说(李斯特)然后就离开了,并在向大陪审团供证后给自己打了电话,自称干得非常棒"。

审问期间,尼尔森说李斯特曾向福陆公司求职。但备忘录显示"他从未得到工作"。联邦调查局删除了下面一句话,但备忘录继续提到,"尼尔森认为福陆可能会用到他(李斯特)的公司。尼尔森说(李斯特)开始到海外旅游,去了黎巴嫩和中美,而且他总是有一些未能成行的计划"。

在1996年晚些时候的一次访谈中,万德维尔克告诉我,李斯特也曾帮他在福陆求职。"在我退休之后,有段时间我想在福陆找份工作,我知道里奇·[威尔克]曾试图向福陆兜售什么东西。"他如是说。

颇具讽刺意味的是,对于万德维尔克这些前中情局特工,以及李斯特这样的"骗子",尼尔森似乎是一个潜在的雇主,但尼尔森在离任中情局前的最终举动之一,却是建议中情局不再向"外围"人员提供全职工作。在一份1976年的备忘录中,尼尔森向当时的中情局领导乔治·布什建议:"我们是欠这些人不少,但尚不至于给他们一个终身职位。"

虽然李斯特在1986年针对他位于米逊维耶荷的住处的突袭中躲过一劫,没有被捕,但他的贩毒活动不久又让他惹上了麻烦。两年后,他试图卖给在新港滩的船上聚会时认识的一名妓女两公斤可卡因。但这位妓女的真实身份却是科斯塔梅萨警局的线人,于是,李斯特自六年前跟布兰登与梅内塞斯合作时起,首次进了监狱。两公斤可卡因足够让他在里面待上几年,但实际上他两天后就出来了。

李斯特同奥兰治县的检控官签了协议。在他告诉警方加州海岸有"成船"的大麻准备"卸货"之后,公诉人放了他。但他这个新线人并没当多久。第二年,圣迭戈警方又逮捕了他,这次是因为他与当地的可卡因贩毒网有瓜葛。

李斯特被保释出狱,并与他朋友一起在圣迭戈的《斯科特周报》上班。但在缉毒署审讯何塞·乌尔达时,李斯特很快又引起了他们的注意。乌尔达是丘拉维斯塔的一名会计,曾为哥伦比亚的贩毒组织洗钱。乌尔达告诉一名化身为哥伦比亚毒贩的缉毒署卧底说,他的朋友,一个圣迭戈的汽车销售商,曾在圣迭戈的城市监狱见过李斯特。在乌尔达向李斯特求助后,他答应帮乌尔达每天为哥伦比亚的毒贩洗三万美元。

调查中,缉毒署的卧底参加了在乌尔达的卧室中同李斯特的一次会面。同时在场的还有两名真正的哥伦比亚毒贩,他们要求李斯特返还五十万美元。李斯特说他还不了现金,因为他在中情局的帮助下洗白了这些钱,不想引起银行的怀疑。实际上,李斯特吹嘘,他在中情局的帮助下,"把那些钱用来从哥伦比亚卡利贩毒集团运了好几百公斤可卡因到美国"。

那几个哥伦比亚人并不吃惊。同在房间里的缉毒署特工听到里面的一个人用西班牙语说李斯特"死定了"。在不暴露身份的情况下,这位特工告诉李斯特,他最好找到那些钱。根据一份缉毒署报告,"李斯特回应说自己无所畏惧,因为自己为中情局效命"。哥伦比亚人想公事公办,但李斯特有些后悔自己曾发了火。在1991年6月19日,联邦特工在圣迭戈附近的一处移民检查站逮捕了一行四人的杀手组织,他们是被派去刺杀李斯特的。

就在那年,一个陪审团以贩毒罪起诉李斯特;他被判入狱97个月,缓刑6个月。李斯特上诉称,自己在当线人时,曾向两个联邦大陪审团提供证词,涉及一个"重大的中美洲组织",以及他"在中美洲从事的一些活动涉及几个来自尼加拉瓜的重要人物,他们被指认与'伊朗门'事件有关"。

为减轻刑罚,李斯特告诉法庭,他虽然确实贩过毒,但他也同政府合作过。他说给过公诉人上千页有关自己为中情局工作的文件和笔记,"时间跨度从1982年开始,直至1986年以后,我记得很详细,都标明了地点,写明了活动"。李斯特还声称:"我给了他们实物证据、电话薄、旅行票据等那些年代所有能提供的东西——那些东西一般人不会留着,但我保存得很好——以便协助他们调查。他们对此很兴奋。"

"黑暗联盟"系列报道见报不久,李斯特就出狱了,并且拒绝了所有采访。虽然许多涉及他和中情局关系的谜团有待解开——多数可能永远也解不开——可以确信的是,他绝非如《洛杉矶时报》所言只是个"骗子"。李斯特和萨尔多瓦官方高层的商业交易,他在为反政府军提供军火中扮演的角色,他和退休中情局官员的关系,还有他和布兰登以及梅内塞斯千丝万缕的联系,凡此种种,都向我们暗示,这个"黑暗联盟"贩毒组织跟中情局的联系,要比韦布所知道的更为紧密。

在中情局和司法部公布了针对"黑暗联盟"系列的初步调查报告几个月后,中情局的总检察长发布了第二卷报告,内容是对于反政府军贩毒活动的更广泛调查以及中情局行动的陈述——一如既往,无关痛痒。报告主要承认,1982年至1995年,中情局没有汇报毒品交易的资产问题,这是因为中情局和司法部有协议在先。但调查尼加拉瓜反政府军时,中情局则在此方面有政策优势。中情局早在1981年就知道,尼加拉瓜一支反政府武装"决定涉足向美国走私毒品的交易,以此来为其军事活动筹集资金"。

　　涉及该事件的武装组织,是九月军团第十五支队,当时由恩里克·贝穆德斯领导。他是反政府军的头目,同布兰登和梅内塞斯在洪都拉斯会过面,据说曾告诉他们为了筹钱要"不择手段"。中情局的报告承认知道贝穆德斯的支持者用贩毒收益资助反抗活动,但丝毫未予干预,同时,报告中并未提及布兰登和梅内塞斯。

　　中情局也承认,伊万·戈麦斯,就是卡洛斯·卡贝萨斯告诉韦布曾支配梅内塞斯贩毒网的中情局特工,其实是一个中情局特工在哥斯达黎加的化名。但中情局称找不到证据证明戈麦斯曾同卡贝萨斯会晤。戈麦斯后来因为与贩毒活动有牵连而离开了中情局。

　　为表示赞许,《纽约时报》把中情局的报告放到了头版。《华盛顿邮报》的记者沃尔特·平卡斯也撰文称中情局的坦白令人震惊,尽管此文没有被放到头条。他总结:"这份报告跟之前中情局宣称自己对于贩毒活动和反政府军的信息所知甚少相矛盾。"但平卡斯并未提到中情局怀疑过贝穆德斯和其支持者从事毒品交易,而是继续写道,该报告"对于针对中情局内部的结党行为、反政府军的筹资者,以及20世纪80年代将快克可卡因引入洛杉矶中南部的毒贩的指控,并未提供任何新的佐证"。

"平卡斯大事化小,将中情局延续十二年的官方谎言仅仅说成是个矛盾。"韦布在致《华盛顿邮报》编辑的一封信中如是说。他指出,该报告和之前中情局有关反政府军和贩毒活动的报告相矛盾,也与《华盛顿邮报》过去二十年针对该事件的相关报道相龃龉。"普通民众会因为这种不法行为而入狱。"韦布写道,"中情局的行为明显是在犯罪,但贵报一直避重就轻,实在令人费解"。

对于第二份检察长报告,《洛杉矶时报》则连篇像样的文章都没有刊登。道尔·麦克马纳斯承认这是该报的一个重大失误。"对于从中情局检察长的报告中发现的该机构未能向执法部门披露贩毒信息的内容,《洛杉矶时报》没有给予足够关注,批评者们是正确的。"麦克马纳斯称,"这是我们的重大失误"。

克里委员会的检控官杰克·布鲁姆则认为,《洛杉矶时报》和其他报纸之所以有意低调处理第二份中情局报告,是因为报告为委员会的调查提供了证明,而这一调查此前基本被那些报纸忽略了。这也让布鲁姆想起,媒体习惯将克里的调查放到周六内版——用他当时的话形容,是"周六版不起眼的位置"。布鲁姆说:"我认为,当报告公布后,他们大为窘迫,报告支持加里·韦布和我们的委员会,所以他们把报告隐瞒起来。这种伎俩不足为奇,'周六版不起眼的位置'这一说法依然流行。"

供职于国家保密档案馆的皮特·考恩布鲁并不认为中情局的检察长报告证明了"黑色联盟"的存在。虽然韦布的报道诱发的反抗呼声迫使中情局承认了其对于反政府军毒贩的保护,但报告中提及的大部分活动同韦布报道中的人物无关。"我不认为那是辩护。"考恩布鲁说,"他的报道最终逼出了那些报告,这很好,但要部分归功于报道中那些错误的信息"。

《国家》杂志的大卫·科恩则认为,中情局的报告只是"部分地"支持韦布。"报告并未证实这一事件。"他说,"它只是证实他对于这一事件的关注是对的,证明他认为这件事很重要也是对的,也证明了曾发生过腐烂透顶的事情"。

然而，科恩同时也认为，该报告"极大程度地承认了"中情局的过错。"南希·里根说，'没这回事'，而中情局则说，'管他有没有这回事'。"科恩总结道。

仍然让科恩惊愕的是，中情局最终承认跟尼加拉瓜反政府军那些毒贩合作，并且为其提供保护伞——但对此一直撒了十几年谎——这一事件居然没有成为重大丑闻。"中情局明摆着承认了曾一直同有贩毒嫌疑的人合作，但没有受到任何调查。"他说，"我觉得，这在某种程度上是新闻界的姑息——是对犯罪行为的姑息。中情局同毒贩沆瀣一气，这在哪里不算是头条新闻？"

第十一章
流　放

韦布在库比蒂诺市工作期间远离他的家庭，加上他从新闻前线突然退出，导致他很长一段时间深陷抑郁。他在余生中也一直被抑郁所笼罩。不过，一开始，这份经历让他和妻子的感情比过去数年里都要亲密。苏忠实地站在丈夫身旁，并鼓励他写书，而这部书正是他的编辑们以前禁止他完成的。书里将公布他挖到的所有关于中情局、尼加拉瓜反政府军和毒品的信息。

然而，由于"黑暗联盟"系列刊发已有一年之久，各大出版社都不再感兴趣。韦布几乎找不到编辑愿意看他的出版计划。在被拒绝了二十多次后，他与"七个故事出版社"（Seven Stories Press）签了出版合同。这是家独立出版商，专门出版激进书籍，其中包括每年结集出版的专刊"被审查项目"（Project Censored），汇总当年被主流媒体所忽略的调查报道的纲要。

七个故事出版社老板丹·西蒙说，"黑暗联盟"系列引发的争议在一夜之间毁了韦布的前程,"那些头条新闻见报那一刻,基本上已经奠定了韦布被抛弃的结局。没人想和加里·韦布有任何瓜葛。"韦布在《圣何塞信使报》的编辑只是为了版面要求,就无情地删减了韦布的系列文章,而西蒙与之不同,他读完了韦布那部冗长的初稿,并鼓励韦布再多写点内容。他说:"我告诉他,这是一次机会,他可以把每件事都写进去。他下班回家后,我们常常从晚上八点聊到十一点,整个交谈过程非常开心,也很有趣。他也特别高兴。"

西蒙视韦布为一名英雄记者,虽然韦布曾因新闻报道的内容而被大肆抨击,但中情局最终承认韦布的报道是正确的。1998年,这本书的精装版推出,第二年出了平装版,在此期间中情局发布了总检控官报告,披露了中情局多年来在保护尼加拉瓜反政府军毒贩这件事上撒了谎。西蒙说:"我没法形容加里得知这个消息时有多兴奋。那些报告最终不仅证实了他所说的一切都是正确的,而且,显然他在报道中并无丝毫夸张,更确切地说,与真相相比,他的报道算是轻描淡写了。在他最后的日子里,加里清楚地感觉到这篇报道的意义远比他当年想到的还要重大。"

韦布主要是在晚上和周末写书。离开《圣何塞信使报》后不久,他找到一份高薪工作——在加州联合立法审计委员会当调查员。这份工作不仅匹配他以前的薪水,而且能让他继续在萨克拉门托市工作,且完全和他的技能相符——这样一来,韦布将在随后几年里致力于揭露政府的腐败和官僚主义失职。

苏说,在韦布写书的时候,她感觉丈夫离自己很遥远。家里有三个小孩东奔西跑地要照顾,丈夫又整天埋头写东西,苏越来越沮丧,因为她发现作为妻子,全力支持丈夫变成了一种负担。较之以前的工作,韦布对新工作投入了更大的热情和决心。他不想漏掉任何事情,无论那些事情对于重塑他的名声作用多么微小。

韦布长时间坐在电脑前,这让他再次体验到了在《圣何塞信使报》的痛苦经历,不可避免的,感情创伤随之而来。在餐桌上,韦布再没有任何新发现可供分享。很多时候,晚餐时间他还一直在写作。与此同时,韦布越来越不安,确切地说,不是偏执,而是一反常态地担心家人的安全。他把枪藏在卧室里。家里电话有时候响了,但电话那头没人说话。有时候,在通话过程中,苏会听到电话那头传来键盘敲击声。

一天晚上,苏注意到丈夫似乎特别安静。她问丈夫发生了什么事,他说和他之前的一位信源见面,对方说了一些让他特别不安的事情。苏说:"他被告知有一天他会被干掉。"那人阴郁地暗示说这事不会很快发生,或许等到将来的五年或十年也说不准,而且不会做得很明显。线人举了个例子解释,也许有一天韦布开车行驶在山边陡峭的斜坡,他的刹车就失灵了。"这让我心烦意乱。"苏说,"但是,加里告诉我:'你不必为这种事情牵肠挂肚,因为它可能发生,也可能不会,反正我不会让我的生活时时刻刻被这种忧虑和谨小慎微包围。'"

《黑暗联盟:中情局、尼加拉瓜反政府军与快克可卡因大爆炸》一书在主流媒体中收到的评论褒贬不一,但即使是批评意见,也承认比起经过大量编辑后的《圣何塞信使报》刊发的"黑暗联盟"系列报道,此书内容更微妙,且令人信服,当然也要复杂得多。《华盛顿邮报》评论员霍华德·库尔茨上次评论韦布的文章还是在一年前,当时韦布刚调到库比蒂诺市工作,这回他继续满是轻蔑地写道:"很明显,《圣何塞信使报》已经受够了加里·韦布。"接下来他又不无恶意地讥讽,"'黑暗联盟'系列报道借尸还魂了"。他还补充,韦布在遭到"接连拒绝"后,不得不勉强接受"一家小出版社"的出版邀约。

这本书除了美国 C-SPAN 有线电视,其他电视频道根本没有报道。C-SPAN 邀请韦布回答观众的电话提问,而其中大部分观众几乎没有谈论此书,而是大谈特谈那天早上他们在报纸上看到的新闻。有个观众打进电话,提到当时并不知名的沙特阿拉伯异见分子奥萨马·本·拉登,此人刚对美宣战,这位观众问韦布对此事有何看法。韦布回答,本·拉登之所以生气,是因为美军在海湾战争期间踏上了沙特的国土。他断言:"这听起来像是我们的(对外)政策回过头来让我们饱受困扰的又一个例子。"

《圣何塞信使报》根本没有费心去评论这本书,《纽约时报》总结道,韦布需要同中情局内部人士做更多的核实,以此来确证自己的指控。而《洛杉矶时报》认为这是"调查翔实细密、论证富含激情、满是各种代号和缩略词"的一本书。《巴尔的摩太阳报》的评论对韦布多加赞许,甚至《华盛顿邮报》也对韦布迫使中情局承认其"肮脏的过去"而勉强表示了祝贺。

出版商丹·西蒙说:"这几乎可以看成是那些逼迫韦布结束其新闻生涯的报纸对韦布所作的道歉了。"自由主义立场的支持者们对此书的赞誉并没有给韦布带来多少慰藉。西蒙说:"加里从成为既有秩序的英雄,到被该利益集团的维护者所诋毁,然后变为美国左派的英雄;对他来说,获得奖赏根本不重要。获奖他感激,但奖赏丝毫安慰不了他,因为他们和他并不是一路人。"

褒贬不一的评论并没有阻止人们购买这本书。根据丹·西蒙的说法,《黑暗联盟》并不算一本畅销书,但销售势头堪称喜人,直到八年后依然卖得很好,这要归功于韦布个人的"声名狼藉"。韦布巡回全国推广新书,发表演讲,亲笔签售,从旧金山和洛杉矶到纽约和华盛顿特区,各地书店里都人潮涌动。韦布成为一个"新晋"的被放逐的记者,立场激进的读者们赞其为英雄,但并不是所有的在场听众都对韦布的话感到满意。在圣塔莫尼卡的"午夜特区"书店,当韦布在演讲中解释,他从未认为中情局曾经密谋在美国的内陆城市促成快克可卡因泛滥,有些观众惊呆了。

有一个长相严肃的非裔女性打断了韦布的演讲,宣称韦布搞错了事实。"是警察发明了快克可卡因。"她双臂交叉,神色挑衅。韦布答道:"不,并不是他们发明的。"他低头看着笔记,努力找回自己的思路。他说:"事情是这样的,这个贩毒集团,也就是中情局已经承认曾保护过的贩毒集团,在1982年选择了一个特别糟糕的时期进入洛杉矶中南部。中南部的人们正学着如何将可卡因粉末变成'快克',贩毒集团便逐渐与当地的帮派勾结起来。"

"不要告诉我们那些!"那个非裔女子回答,她带着一股挫败感提升了音量。"警察发明了这种毒品。"接着她声称曾有几位警方线人闯进她家,并往她的静脉注射毒品,"如此一来,他们便可以把我变成另一项统计数字了"。

就像韦布的报道见报不久后中情局前局长约翰·多伊奇在中南部面对同样愤怒的人群努力辩解一样,韦布也同样努力地做着演讲。但韦布说得越多,人们越愤怒。这并不是说所有人都不同意韦布演讲的内容。更确切地说,很多听众到场并不是想听韦布谈论中情局,而是想用他们自己的话来"埋葬"这个间谍机构。

"我想,我们大家都很感激你所做的一切,但我们只希望你告诉我们关于中情局的全部真相。"一名白人听众善意地解释道,这使得韦布的演讲免于沦为一篇中情局密谋实施种族清洗以消灭美国黑人的诽谤之词。随后,观众开始尖叫,齐声欢呼,当然并不是由于那位白人的评论引发的,而是因为女议员玛克辛·沃特斯赶在韦布的演讲结束前抵达了现场。沃特斯径直走向讲台,拥抱了韦布。也正是这个适时出现的拥抱,万幸地平息了非裔族群和中情局之间数十年来的不信任在书店现场酝酿出的愤怒,而在片刻之前,这种愤怒几乎要将韦布吞噬。

韦布结束巡回活动回到加州。一天下午,苏在付电话账单时注意到有一通昂贵的长途电话,是韦布在东海岸的一家酒店房间夜里很晚的时候打给旧金山湾区某人的。电话打了一个多小时。当韦布回家后,苏质问他那个神秘电话,他承认他有了外遇。这个女人是他以前为了采写"黑暗联盟"系列做调查时认识的一位信源。苏说:"我不知道该如何是好,我们有三个孩子,我从未想过要离婚。"

苏并没有将丈夫从家里赶出来。当韦布提出要结束婚姻关系时,她建议先去尝试夫妻关系辅导治疗。坐在治疗师的办公室,韦布决定坦白一切。他告诉苏,这不是他第一次出轨。还在《克利夫兰实话报》工作的时候,当他被《圣何塞信使报》录用之前,他就有了第一次出轨。那个女人在家打电话给他。他吓坏了,决定搬去加州。

在治疗中,韦布承认那通电话在他做出离开《克利夫兰实话报》的决定中发挥了关键作用。"这就是为什么我们搬到了这里。"苏说,"他不想再次出轨。当我们搬到了加州,他发誓说他会改变。他也确实做到了。我知道搬到加州后他一直对家庭保持忠诚。只是当他写了那本书后,一切都分崩离析了"。

据苏说,这并不是她丈夫第一次提出不忠的问题。早在二十年前,当韦布还在《肯塔基邮报》的时候,他告诉苏,他和另一个女人的一段友情让他很困扰。他觉得这段感情可能不会无果而终。他当时一直定期和那个女人碰面吃午餐,几乎每天和她通电话。那时韦布的父母离异了,因为他父亲不忠。于是韦布发誓永远不会背叛妻子。"加里说,'我告诉你这些是因为我吓坏了'",苏回忆道,"这让我崩溃。在治疗中,加里坦白,这就是为什么他从未告诉过我这几段婚外情,因为他知道婚姻中的不忠对我的影响有多么大"。

夫妻关系辅导治疗未能挽救这段婚姻。1999年春天的某个工作日早晨,也就是治疗课程结束半年后,孩子们刚去上学,苏怀疑丈夫又有了婚外情。在一次闲谈中,韦布提到了他在工作中认识的一个女人。苏抓住机会,问他是否和这个女人发生过关系。韦布知道他被发现了,便不再隐瞒。

苏无言以对。在丈夫职业生涯最艰难的时候,她一直在他身边支持着他;他离家追逐他的重大新闻时,是她毫无怨言地照顾着孩子们;后来他被自己所在的报社"流放"到库比蒂诺市时,也是如此。他忙于写书的那几个月她过得同样艰辛。"他一直在工作,告诉我这一切都将很快结束,事情会好起来。我满心期待,到头来却愤怒地发现他又出轨了。"

他们两人坐在客厅的沙发上等孩子们放学回来,然后告诉他们,晚上父亲要离开了。韦布离开时没有回头。他搬进了一间公寓,据他的高中同学格瑞格·沃尔夫说,韦布很快就开始和不同的女人频频约会,但每段关系都不长。韦布还开始服用抗抑郁药,而且每天抽大麻。

那时,韦布已经对在加州立法审计委员会的工作失去兴趣。这份工作最初的发展势头相当不错。韦布接到的第一项任务,是调查加州高速公路巡警(CHP)工作中的种族定性。从交通停靠站的报告和对几十名 CHP 人员的采访入手调查,韦布交出了一份报告。报告显示,少数族裔司机被叫住靠边停车的几率比白人高很多,而绝大多数情况下在车上根本搜不到毒品和武器。

韦布的发现对过去常常用来要求停车检查的理由提出了严肃的质疑。CHP 的记录显示,一旦驾驶员在高速公路上停车,CHP 的官员就能要求搜查车上是否有毒品,可以查看车上的任何东西,从快餐包装盒到外州的车辆牌照。韦布还发现有证据表明某些CHP的官员组织全州的巡警参加学习种族定性主题的研讨会。

但据韦布曾经的同事、如今担任加州首席检控官比尔·洛克耶发言人的汤姆·德莱斯勒所言,当时的加州众议院发言人、随后出任洛杉矶市长的安东尼奥·维拉雷戈萨阻止了该报告的发布。德莱斯勒说:"报道里说的都是事实,但是对CHP来说,这份报告让其非常尴尬,所以维拉雷戈萨就编了些借口,说报告还未准备好公之于众,然后便撤掉了报告。"

迈克·马迪根是奥兰治县的一名私家侦探,同时在运营一个关于警察腐败的在线杂志(网址是 www.twisted-badge.com)。他于1998年在一个新闻发布会上认识了韦布,多年来,他和韦布保持联系,并试图说服韦布转行去当私家侦探。韦布在准备CHP的那份报告时,一位律师雇用马迪根在加州的尼德尔斯市监视CHP的官员。尼德尔斯是个沙漠小镇,位于40号州际公路中段,洛杉矶和拉斯维加斯之间。马迪根和他的搭档看到手持双筒望远镜的高速公路巡警通常会让少数族裔驾驶员靠边停车,理由是怀疑他们涉嫌运输毒品。

马迪根说:"我们过去经常看到,这些官员锁定的汽车要么是装有除臭剂,要么是看起来像装载了重货;甚至,车上可能只是有位女性外加一名不同种族背景的男性。官员们会以任何理由让他们靠边停车,然后进行搜查。"马迪根迫不及待想要韦布发布其调查报告。他接着说:"报告将会告诉我们到底发生了什么事。CHP当时正在批准一个项目,用来教育他们的人员如何在不被抓的前提下侵犯少数族裔的权利。CHP期望加里按照他们的方式来写报告,但加里没有。当加里提交那份报告后,他在立法审计委员会里便没有前途可言了。"

1999年4月1日,韦布在《时尚先生》上发表了一篇题为"DWB"的长文,披露他的发现。DWB是在少数族裔驾驶者之间常用的俚语(即"Driving While Black"的首字母缩写),意思是"因驾驶员为黑人而要其靠边停车(暗指警察的种族歧视)"。一年前,《时尚先生》刊发"被遗弃者"一文,作者查尔斯·鲍登围绕"黑暗联盟"报道风波撰写的一篇人物特稿让人印象深刻。CHP报告事件折戟沉沙后,韦布被调到公众服务办公室,在这里,他的天赋被浪费了。德莱斯勒说:"这个办公室聚集的都是些毫无建树的家伙,只热衷于政治活动。他们给韦布分派的都是些无聊的工作，纯属政客的敷衍，而韦布并不想做这些。我猜他每天的出勤率并不好。"

安妮塔·韦布那时候住在洛斯阿拉米托斯市，她回忆起儿子有一次从长滩给她打来电话。他在那里被指派的任务是代表当地民主党候选人去游说。"他非常恼火"，安妮塔说，"他打电话告诉我，'我不得不和另外一个男同事同住一间酒店客房'"。安妮塔便让儿子在返回萨克拉门托之前暂住她的公寓。她说："他那时很郁闷。因为他不得不为民主党四处跑腿，搜集情报，所以心烦意乱。但你又不能跟他讨论太多，他不想细说。加里正在关上自己的心门。"

伊恩·韦布说，父亲之前只是偶尔表现出抑郁症的症状，而他在立法审计委员会工作后，似乎才发展成长期抑郁。伊恩说："那并不是他真正想做的事情。有时候我跟他通话时，他听起来很忧郁，语调一成不变。因为那段时间他们并没有给我父亲指派什么任务，所以他无法真正投入到工作中。正是这个期间，他迷上了摩托车，因为他总有大量的空闲时间。"

伊恩和父亲经常一起去骑车。他说，他和父亲在一起的骑行时光是他初中之后他们父子共处时最幸福的经历，上一次这种体验,是在他读初中时父亲指导他所在的冰球队。他说:"我们会花上一天骑进山里,结束后再找个吃饭的地方。这是一种缓解压力的绝好方式。"伊恩发现,随着时间的推移,父亲的反应不太灵敏了,可能是服用抗抑郁药的影响。冬天太冷了,不适合骑行,韦布的心情就会变得阴郁。伊恩说:"我记得有一次和他通电话,当时阴天持续了很久。我说:'这实在是糟透了。'父亲说:'所谓郁闷,就是这样。'"

2000年格瑞格·沃尔夫的母亲去世,韦布飞回印第安纳波利斯市参加葬礼。沃尔夫上次见到韦布还是四年前"黑暗联盟"系列见报前夕。沃尔夫发现他的朋友变了,韦布似乎丧失了幽默感。"我不知道到底发生了什么,或者说成名带给他什么。"沃尔夫说,"他似乎不那么善解人意了,他就像是迷失了道路"。

直到2000年9月韦布才正式离婚。所有离婚文书全都签完的那天,一名年轻女子在他前面转弯时,韦布的摩托车撞上去了。韦布被甩到街上,所幸只受了轻伤。他继续约会不同的女人,但经过一连串的分手后,他设法与前妻和解了。两人又开始约会,周末一起吃晚餐或看电影。怕孩子们对他们的关系感到糊涂,两人都没有告诉孩子他们现在的关系。有一天,韦布拿出两张飞墨西哥的往返机票,想给苏惊喜。从他们假期拍摄的照片中可以看出来,两人被太阳晒黑的面孔上带着微笑,显然非常相爱。

"墨西哥非常漂亮",苏说,"这是我们这辈子度过的最美好的假期之一。"可是,抵达萨克拉门托市的那一刻,他们又被拉回到现实中,那就是他们已经离婚了。苏仍然被丈夫的不忠所伤害。虽然他宣称自己爱她,他也希望她能无条件信任他,但苏还没有准备好给予这种信任。苏建议两人分开一段时间,看看事情如何发展。"他说,'好吧,如果这是你想要的'。"苏说。

当苏告诉丈夫,她希望两人暂时分开时,那就是她确切的意思,并不是说他们永远不会重归于好,但是,他们需要花些时间来弄清楚他们是否真正做好了复合的准备。几个月后,苏有了自己的答案,那时她得知韦布又发生了另一起摩托车事故。韦布与一些朋友骑车到内华达州里诺市附近的山上时,他的车在松散的砾石上打滑,失去了控制。

韦布摔得很重,头盔都破裂了。但他不管不顾,重新跨上摩托车。骑车返回加州时,他昏了过去,车子偏离了马路,钻到了一片草地上。他的摩托车在身边轰鸣,韦布本人悬挂在布满倒刺的铁丝网上,失去了意识;由于他早些年的意外留下了后遗症,导致他当时便脾脏破裂出血。他被空运到医院。当苏主动提出去看望他时,他表现得紧张不安,告诉她车程太长,不必麻烦了。几个星期后,苏发现,他已经开始和一个在工作上认识的记者约会了。

　　根据苏和儿子伊恩的说法,韦布的新女友对他的生活产生了积极的影响。他似乎全心投入到新女友身上,尽管几年来抑郁症症状不断加重,他看上去好像又重新快乐起来了。他与新女友搬到一起住,对自己的工作也表现出了更大的兴趣。那时,韦布已经被调回立法审计委员会,与德莱斯勒合作调查国家能源危机的问题。有指控称甲骨文公司签了前加州州长格雷·戴维斯给的一份标的总额达95万美元的未竞标的合同,韦布和德莱斯勒两人就这份指控进行了调查。

　　"他忙得不成人样。"德莱斯勒说。在他和韦布拿到任务的那天,他们一直在办公室做研究,一直到凌晨四点。然后,他们就合同签订采访了所有的证人,写下了时间线,然后向委员会提交了一份报告。这份报告导致好几个戴维斯手下官员丢了职位。德莱斯勒说:"他很高兴。这项工作施展了他的才能,可以说他热爱这份工作。这其实就像一名记者所做的事情,但你不需要把你的工作成果交给编辑。我们工作得很愉快。"

2002年岁末,由于德莱斯勒逐渐发现委员会新一届领导班子并没有认真对待腐败调查这件事,他便接受了加州首席检控官洛克耶办公室的工作。韦布继续留在立法审计委员会,但是又被拉去公众服务办公室,为民主党候选人做些无谓的繁琐工作。有时候德莱斯勒会邀请韦布出去喝杯啤酒,但韦布总是推脱不去。尽管韦布仍然与女友生活在同一个屋檐下,但他们也结束了关系。韦布的抑郁变成了绝望。他的女友告诉苏,光是跟韦布待在同一个房间都让她难以忍受。

第十二章
谢 幕

尽管韦布看上去似乎陷入了人生的低谷,但他在低谷期也有过一段更快乐的时光。2003年的1月,他去穆赫雷斯岛参加了一个记者发布会,这个岛屿度假村离墨西哥坎昆的海岸不远。这次记者会由一名来自美国却侨居于此的记者阿尔·吉奥达诺组织的,他把来自拉丁美洲的一群对报道反毒品战争颇感兴趣的年轻记者召集一堂。(起初吉奥达诺表示愿意接受采访,但只限书面访谈,但他对后续的电子邮件并未作出任何回应。)据自由摄影师杰里米·比格伍德说,韦布上台对调查性报道作了发言,受到英雄般的热烈欢迎。杰里米也出席了那次会议,还帮着韦布指导年轻记者如何查看政府记录。

"他就是传说中的'万宝路男',因为他总是抽那个牌子的烟,抽烟的样子和海报上的模特如出一辙。"比格伍德回忆,"阿尔是第一个这么喊他的人,之后大家都这么叫他了"。出席会议的还有一群来自南美洲的年轻漂亮的女记者，她们对韦布不乏奉承仰慕。但韦布对她们却仍然以礼相待，毫不怠慢。比格伍德说："阿尔这次邀请的女记者占多数，我相信加里自己也能看出那些女记者都很敬仰他，韦布的确给人留下了特别好的印象，每个人都格外喜欢他。"

出席这次会议的还有亚当·萨坦尼德，他是美国国家公共广播电台拉丁频道的制片人。他是在机场遇到韦布的，后来韦布就载着他来到记者会现场。他很快意识到韦布将是全场的焦点。"加里这个家伙拿到了普利策奖，却在新闻界找不到工作。"他说，"加里真是有种，宁愿玉石俱焚，也要把那些丑闻刊发出来，哪怕荣耀只是昙花一现，他也在所不惜"。

另一个演讲者叫安妮·诺森蒂，她是来自纽约的剧作家，曾在好几家杂志担任编辑，包括《我们时代的谎言》(*Lies of Our Times*)、《情节》(*Scenario*)和《监狱生活》(*Prison Life*)。诺森蒂说她立刻就被韦布吸引住了。"他是一个典型的美国人：无微不至、谦逊有礼、坚韧不拔又敢于冒险。"韦布租了辆摩托车，载着她来到海边。他们俩把一整天的小组讨论会都逃掉了，在海边惬意地享受日光浴。这段浪漫的插曲很快就演变成一段短暂的恋情。

在诺森蒂看来,韦布那时似乎一点也不消沉。"他其实过得挺快乐的。"她说。虽然韦布那时和他那群关系最要好的朋友都疏远了,但他却能毫无保留地向她敞开心扉。他说他不喜欢在立法审计委员会的工作,除了每天准时到岗,对那些无聊琐碎的任务装出一副感兴趣的样子之外,他并没有多少参与感。韦布还说了些他在《圣何塞信使报》的经历,也提到了他发表的一系列文章遭到了猛烈的抨击,原因是文章指控中情局向美国内陆城市输送"快克"——而这恰恰是他强烈否认自己在文章中曾写过的东西。

诺森蒂还补充:"出于某些原因,他并没有因为这些事而感到特别生气。"在记者会结束之后,他们一直通过电话保持联系,但谈论的内容早已与爱情无关。韦布说他仍然深爱着他的前女友,但是对方却不想对他作出承诺。为此他不得不搬出两人合住的公寓,住进一个破旧的老房子里。在记者会结束几个月后,韦布飞往纽约领奖。获奖的是《圆锯之内》一书——这本书是一群因发表过颇具争议性的报道而在新闻界惨遭"驱逐"的记者们的文章合集——韦布撰写了其中一章,主题便是自己的"黑暗联盟"系列报道。

第十二章 谢幕

在纽约的那段时间,韦布和诺森蒂待在一起。她把他引荐给了她的朋友们,那些人都很欣赏他的工作。诺森蒂告诉他,有个她认识的电视制片人想把他的"黑暗联盟"系列搬到荧幕上。韦布也曾有过搬来纽约的打算。但他又表示不能离开加州,因为他想离孩子们近一些。几个月后,诺森蒂找到了一份工作,担任《巅峰时刻》(*High Times*)杂志的编辑。韦布说他想写个故事,模仿亨特·S.汤普森的风格,记录他跟那群年纪只有他一半大的年轻人玩摩托车的经历。她觉得这个想法很不错,可韦布一直未能完成。

在电话里,听得出韦布似乎对他的前女友越陷越深。"他每天都在饱尝单相思的痛苦。"诺森蒂说道。她劝他生活要往前看,忘了那个女孩。"但他觉得她太完美了",她还说,"他说这辈子只有两个灵魂伴侣,一个是他的前妻,另一个就是那个女孩"。

如果韦布还没离婚的话,2004年2月10日将是他和前妻的第25个结婚纪念日。在那天早上8点15分,他给前妻苏发了封邮件以作纪念。

"来纪念一个婚姻已不复存在的25周年结婚纪念日,这看起来似乎很奇怪。但我从来都不是一个按常理出牌的人。"韦布这么写道,"不考虑其他任何事情……今天对我们的生活来说并不是毫无意义的一天。无论如何,我只是想告诉你,我一直都在想着你。还记得 25 年前,你成了我从儿时起就梦寐以求的新娘……现在想想,这一切真是让我觉得既伤感又幸福"。

不到两个小时后,韦布就发现这一天过得比他原来想象的还要意义非凡。那天上午,他被辞退了。原因是民主党失去了对加州议会的控制,公众服务办公室领导层随之更迭。他先前糟糕的出勤记录当然帮不上忙。苏听说这个消息后,在晚上 10 点的时候给他回复了邮件。她说她希望他那天原本可以过得顺心一些。

第二天凌晨 1 点,韦布给苏回信,再也没有上封邮件里那种乐观态度,取而代之的是完全的宿命论口吻。"我很讨厌早起,因为不知道睁开眼会碰上什么倒霉事。"唯一的好消息就是收到了几封鼓励邮件,发自《克利夫兰实话报》的老友加里·克拉克,此君现在是《丹佛邮报》的执行主编。"我觉得我还能撑几个月。"韦布写道,"但之后的事……谁又说得准呢?你当初让我离开此地是对的,这里除了是我女儿克莉丝汀的出生地,已经没有任何值得我留恋的理由。其余的一切都尽是些伤心事。我觉得很难过"。

接受采访时,克拉克说韦布在失业前不久还和他联系过,想打听一下有没有可能在《丹佛邮报》谋份差事。克拉克当时便告诉他,他很走运——因为这家报纸一直想要招聘一位调查记者,克拉克觉得韦布再适合不过了。"加里算是我遇见过的记者中最优秀的那类人。"克拉克补充道,"他总有源源不断的动力驱使自己去挖掘真相。他还擅长通过搜寻档案和证据来查证事实。有人说很难与他共事,我倒不那么认为。但他的确需要一个能干的编辑来协助他,这是确定无疑的"。

但是,如果克拉克要让韦布来报社工作的话,报社就必须先找到一位编辑来编审他采写的调查报道。"招编辑的时间比我们预想的还要久一些。"克拉克这样说道。他表示,对于"黑暗联盟"系列所引发的争议,他一清二楚,而且他并不觉得这件事给他造成了什么困扰。"加里发现一个新闻故事",他说,"供职中情局的某些人参与了一桩涉及在加州贩卖毒品的交易,这就是他的新闻故事"。新闻导语确实有几分夸张,但克拉克觉得这肯定是因为编辑不当导致的结果。"除了加里的编辑,没有人在报道刊发之前看过文章。所以报道最后是如何成文的才是问题的关键。"

韦布还联系了住在奥兰治县的朋友迈克·马迪根，此人是个私家侦探，他们是在几年前的一个记者发布会上认识的。马迪根主动帮韦布申请私家侦探的执照，帮他在这一行做起来。马迪根说韦布在申请执照时，因为他过去二十年的新闻报道经历，加州消费者事务局拒绝颁发执照给他。他们还注意到韦布没有完成大学学业，便告知韦布，他必须先拿到学位才行。于是韦布就放弃了。"加里告诉我，'他做不到一切从头开始'。"

韦布的女儿克莉丝汀帮他向全国多家日报投了50多封简历，结果一封面试通知都没收到。只有一家叫《萨克拉门托新闻评论》的地方性非传统周报似乎有兴趣聘用他。这家报纸的主编名叫汤姆·沃尔什，此前见过韦布，还曾跟韦布说，如果有兴趣为他们报社写稿，可以给他打电话。2004年8月，韦布主动联系了他，恰好沃尔什有一个主笔职位的空缺，他便告诉韦布，可以来参加一下面试。

尽管韦布的简历令人印象深刻，他不仅有着二十年的从业经历，还获得过普利策奖，但他并不是沃尔什当时的第一人选。如今身为《旧金山周报》主编的沃尔什坦言，他心目中的第一人选在此类小型周报有着出色的从业记录。

同时，他还担心韦布做这份工作略显大材小用，他想找一个报社能留得住的人。而韦布很可能把这份工作当成进入更大型报纸工作的跳板。"说实话，我当时也在思考一个问题：他到底适不适合这份工作。"沃尔什说，"但是，那位我属意的第一人选收到工作邀请后却拒绝了，而当时韦布则说他可以立即开始工作"。

唯一的问题就在于沃尔什支付给韦布的薪水跟此前立法审计委员会开出的报酬相差甚远。但韦布极度需要一份工作，便立即抓住了这个机会。和这家报纸的年轻员工不同，那些人大多刚毕业没多久，而韦布已年近半百。因此韦布并没有费心想要融入到新报社的同事圈子里去。

"他经常来参加周一的会议，然后直截了当地指出哪些选题会吸引读者，哪些选题不行。"沃尔什说，"这也是他在报社发挥的重要作用之一"。但只要员工们喊他聚在一起喝啤酒时，他都会谢绝。"他明确告诉过我，他不喝酒。"沃尔什补充道，"他不喜欢参加聚会，也不擅长交际。他来报社就是写稿子、打电话，而且他也会时常在家里工作"。

韦布为这家报纸写下的第一篇专题报道，题为《杀人游戏》，刊发于 2004 年 10 月。故事详细讲述了军队里逐渐对暴力电子游戏越来越感兴趣，这是韦布在和他的小儿子埃里克玩电脑游戏时发现的。据沃尔什说,这篇报道里能看出韦布具备的全能型记者的各种素质和技巧。"看得出来,他有种本能在驱使他去深挖故事真相,理清事件背后的人物。一旦他遇上了那些来自军队的玩家,他就全力和对方交流。一个真正的记者,就坐在你的对面激情洋溢地谈论着他的工作,这还是挺有意思的。"

此后韦布还发表了几篇文章,其中一篇是关于资助萨克拉门托图书馆的一项当地政策;还有一篇是一个专职帮助别人卖房和装修的女子的人物特稿。他的最后一篇报道,题为《闯红灯,交罚款》,写的是当地的法官如何一贯地支持可以通过引证不可信的私人摄像头来指控交通违规行为——非常典型的韦布一贯热衷的"揭黑"式调查报道风格。

然而,沃尔什并不知道的是,韦布的内心已濒临崩溃,而且钱也快用光了。期间他还遭受了一次不小的打击:有一个洛杉矶的电视制片人想花钱雇韦布写一部关于武器走私的电视短片剧本,但最终却食言了。韦布开车赶到洛杉矶接连开了几次会议,回来后他觉得这个项目应该能做成。因此,他原以为有机会解决他的经济问题。跟制片人的合作告吹后,希望破灭了,刚找回的一点信心也被打击得荡然无存，他整个人变得愈加消沉。

格瑞格·沃尔夫和韦布最后一次联系是在2004年5月。而在那之前的几周，他们来来回回通了多封邮件，谈了很多事情，从沃尔夫拒绝结婚到韦布约会不顺，再到各种抗抑郁药的优劣比较。沃尔夫知道韦布已经养成每天吸大麻的习惯，他觉得这是在自我治疗。不过，当韦布告诉他，因为副作用超出了正效用，所以不再吃那些抗抑郁药的时候，沃尔夫开始担心了。

据沃尔夫说，韦布告诉他，在药物治疗后，要么觉得麻木，要么觉得比之前更抑郁；而且，自从韦布没有医疗保险之后，他就不想再花自己的钱去看医生了。"哎，这确实不是好消息。"沃尔夫说，"他说他买不起药，这完全就是胡说，一个月的百忧解才30美元而已。他只是决定放弃了，这是我们最后一次联系"。

对于他的财务状况，韦布并没有夸大其词。他的确付不起医药费了。他每个月的薪水勉强能够支付2 000美元的贷款。在《萨克拉门托新闻评论》工作没多久，苏就开始从他的工资中领取孩子的抚养费。苏已经自己支付三个孩子的医疗保险费了，而且从韦布被辞退后，他就没向苏寄过妻儿花在食物、衣服或者其他任何支出上的一分钱。当苏发邮件要求他每月寄去 750 美元作为孩子的抚养费时,他说他拿不出钱。"显然,这份工作我做不了多久,如果我找不到更好的工作,要么把房子卖了,否则到圣诞节前我就会破产。"他在邮件中这样写道。

他一直希望能和前妻重归于好,结果屡次被她拒绝。这让他越来越绝望。虽然他还是会和大儿子伊恩一起开着摩托车游玩,但他感到另两个孩子似乎有太多自己的事情要忙,陪他的时间并不多。他本应和孩子们一起过周末的,但他们经常有各自的安排。当他们真的来到韦布的住处时,韦布又总是呆呆地盯着屏幕玩电脑游戏。

韦布的弟弟库尔特说:"他在后期变得悲观,看不到事情好的一面。整个人都发福了,而且骑摩托车时也事故不断。抽烟也抽得更厉害了。他觉得每个人都跟他格格不入。他没有意识到孩子们长大了,变得更独立。他觉得没有人需要他了。"

那年秋天,韦布的前女友告诉他的家人,韦布的抑郁已经严重到让她担心他可能会伤害自己。虽然苏和孩子们都觉得她可能过于夸张,但还是特意告诉了韦布的母亲安妮塔。她那时刚刚离开奥兰治县,搬到了卡米高的一处退休社区，以便跟儿子离得更近。"我立刻想坐下来和他谈谈，但他把自己封闭起来，什么也不想谈。你不知道怎么才能让他和你开口说话。他看起来糟透了。"

在十月初的时候，苏给韦布打电话，还在电话里留了多条愤怒的留言，要求他承担起一个父亲的责任，尤其是经济上的责任。韦布没有给她回电话，而是在10月11号那天给她发了封邮件。他写道："我正在做的事将会解决你所有问题，还有我的问题，只要再给我几个星期就好。"

三天后，韦布秘密地在当地的丧葬服务公司支付了火葬费用。到了十月中旬，他开始出售房子。苏说："我当时还感到宽慰，以为他变卖房子后就能开始每个月支付孩子的抚养费了。"她以为卖房子就是他邮件中提到的解决他们两人"问题"的计划。

汤姆·沃尔什说，韦布慢慢地疏远了工作，在会上很少发言，也拒绝对报社详谈他的新闻采写计划。韦布连续几天没来上班后，沃尔什打电话来问他情况。"他含糊其辞，说有私事要处理。之后几天我又给他打了电话，他又说他必须卖房子，想再请几天假。我又给他打了第三次电话，让他必须过来和我谈谈。他给我回电话说想停薪休假一段时间。我很担心，我想知道他需要多久。他说他会回复我的。"此后沃尔什再也没有和韦布说过话。

一开始,韦布尽量避免通过卖房来融资抵债。他向身为律师的弟弟库尔特要了几份合同,但他贷款失败了。他告诉弟弟,他终究还是要卖房子。感恩节那天,他是和库尔特一家共同度过的。通常情况下,他会和库尔特的孩子们在泳池边玩耍。库尔特说:"我经常这样休息放松。他也喜欢和我们家一起休闲。"

但是,在吃晚饭的时候,却发生了一场"灾难":库尔特的妻子跟女儿大吵了一架,之后暴怒地冲出家门。韦布和库尔特最后一起看了部电影,名叫《墨西哥往事》。"这是我们一起看的最后一部电影。他那时对电影没兴趣,说他必须走了。"之后,库尔特推测,电影中的主角之一是由约翰尼·德普扮演的中情局特工,韦布的反应可能与此有关。

韦布根本就没钱自己找个地方住,于是央求前女友收留他,她也同意了。但是,12月初,就在他的房子按计划托管给第三方前一周左右,他告诉苏说他的前女友不让他搬过去同住。苏说他别无选择了,只能搬到他母亲那儿去住。库尔特说那是韦布最不想做的事情。"出于某些原因,韦布对母亲有些怨意,他不会在那里待太久的。"

在他要搬去母亲那儿之前的一周,他向前妻和孩子们道别。他和苏简单说起要带女儿克莉丝汀去看医生。当他把女儿带去看预约的大夫时,他还在候诊室里兴致勃勃地给女儿读起《绿鸡蛋和火腿》。他把女儿送回家时,在门口递给她一瓶香水,但拒绝进到家里去。

随后韦布又让大儿子伊恩帮他修整摩托车。伊恩说自己很忙,但韦布坚持要求他过来。伊恩还记得他最后一次看到父亲的场景,他们在车库里耗了好几个小时,韦布尽力想修好车。伊恩说:"看他在那儿修车,感觉特别神奇。我不知道他要干什么。他把所有零件都拆下来,然后又全部装回去。"

伊恩快要21岁了。韦布提前送了一款价格不菲的手表,当成生日礼物。伊恩说:"我觉得很意外,因为我知道他那段时间手头很紧,但我又不想质疑他。"当伊恩骑上摩托车远去时,韦布就站在马路上看着他离去。他说:"这倒没让我觉得太奇怪,因为他总是喜欢看着我在路上骑摩托车,只是那次他站得比平时都要久一些。我猜他可能是觉得那将是他最后一次看到我了吧。"

在生命的最后几周时间里,韦布把自己封闭在家人和朋友之外,但他却和安妮·诺森蒂保持着联系。出于某种原因，他总觉得只有诺森蒂才真正了解自己的苦痛。诺森蒂除了曾是他的女伴，还在一个防自杀热线工作。韦布说他还爱着前女友，可对方却拒绝让他搬去同住。诺森蒂说："他说他控制不了自己的想法，也无法停止不去想她。他快把自己给逼疯了。"

诺森蒂觉得韦布似乎属于"情境式抑郁"。她觉得只要他能试着放下前女友，或者去任何一个地方旅游度假，他又会快乐起来的。韦布对她说，他想过到新西兰去转转。诺森蒂让他来看看她。韦布拒绝后，她主动提出要飞过去看他，韦布也回绝了。"如果你来这儿，我们开心地玩上一周，等到我送你上飞机后，我就会自杀。"他说。

诺森蒂并不认为韦布是认真的，但她后来又接到了韦布的电话，他说他决定自杀，而且已经支付了火葬费用；他还告诉诺森蒂，他们通话时，他手里就拿着一把枪。韦布态度明确地说这件事得绝对保密，况且她也告诉不了其他任何人他的自杀计划。诺森蒂哭着求他不要那么做。在挂电话那一刻，她以为她又让他重新振作起来了。

就在诺森蒂觉得她已经说服他放弃自杀那个念头的时候，韦布发了封邮件给她。信中说，如果她发邮件给他，收到的若是一封自动回复的邮件，那就说明他那时已经死了。在接下来的几天,诺森蒂一直给韦布发邮件,但他一封也没回。让她害怕的是,12月9日周四那天,她收到了一封自动回复的邮件。12月9日,韦布一整天都没有接电话。诺森蒂当天疯狂地在谷歌键入他的名字搜索相关信息,寻找着证据,看他是不是最终实施了他的自杀计划。

那天韦布没有回她的电话,是因为他忙着在杂物间收拾物品。途中,他的车坏了,之后的事情都很清楚了。那个顺路载了韦布一程的人,在他找到牵引车回来前偷走了他的摩托车。根据他对那个小偷的描述,警察不出三天便能抓住小偷,并且归还他的车。那天晚上,他在母亲的屋子里闷坐了几个小时,只说了句他已经看不到自己的未来。

安妮塔说:"他不知道他该如何谋生,他说他再也写不出新闻报道了。我告诉他,他正在为一家报纸工作啊,但他的自尊心受不了,他只想去主流大报当记者。他已经绝望。他看不到最后还有什么希望。我无法说服他从绝望的深渊中走出来。"

就像当初采写"黑暗联盟"系列报道那样,韦布在安排自杀时,对细节非常专注,且态度坚忍。他卖了房子,打包好物品,和家人告别,提前为自己料理后事,还把驾照留在了他的床头边,这样一来,家人就不需要去认领他的尸体。如今,已无从得知他是不是故意这样安排的——他和母亲道别后的那天早上,2004年12月10日,搬家公司的员工到达他的房子时,看到一张夹在门缝里的纸条,上面写着"打911叫救护车来",这一天距离他从《圣何塞信使报》辞职刚好七年整。

后　记

韦布的自杀在新闻界——这个他奉献了大半生的地方——引起了关注。但和"黑暗联盟"系列报道不同的是，它并没有成为头版新闻。"加里·韦布，作为一名获得过普利策奖的记者，因为将中情局和洛杉矶快克可卡因大爆炸联系到一起的一份极具争议性的系列报道，他的新闻生涯变得坎坷不平，他于本周五开枪自杀。"《萨克拉门托蜜蜂报》在12月12号发的讣告中这样写道，"美国的三大主流报纸，《纽约时报》《洛杉矶时报》和《华盛顿邮报》跟进韦布的系列报道，质疑韦布的结论，最后他自己所在的报社也背叛了他"。

三天之后，《萨克拉门托蜜蜂报》还发布了一份后续报道，意欲平息在各大阴谋论网站上到处散布的关于中情局暗杀了韦布的谣言。"这样一个案例正常情况下不会引发太多注意"，《萨克拉门托蜜蜂报》指出，"但是韦布的自杀却引起了一系列的反应，包括阴谋论者在网络上持续几天狂热而兴奋地散布着这样的观点：韦布死于两次枪击，他或是被政府特工杀害了,或是因近十年前写的那篇文章招来了尼加拉瓜反政府军的报复"。

而最过荒谬的也许是来自 Prisonplanet.com 的解释,这是一家由亚历克斯·琼斯在得克萨斯州奥斯汀市运营的互联网广播节目。在"谋杀加里·韦布"的大标题之下,琼斯居心叵测地援引"与加里·韦布亲近的可靠信息源",说他最近一直在忙于写一篇涉及中情局的揭露文章。根据琼斯的信息源,韦布"一直收到死亡威胁,并定期被跟踪",还说"对那些他多次见到的闯入又离开他家的不速之客,他忧心忡忡"。

琼斯还声称韦布最近频频抱怨侵入者"很明显不是盗贼,而是政府的人"。韦布当面对抗他们时,这些"专业人士"就从"他的阳台上一跃而出",并"顺着他家外面的管道攀爬下去"。这一场景的唯一漏洞就是,韦布住在只有一层的低矮平房里,既没有阳台,墙上也没有管道。

撰写关于韦布死亡那篇文章的《萨克拉门托蜜蜂报》记者打电话给苏之前,她并不知道前夫开枪两次才自杀身亡。她后来发现韦布差点没能成功自杀。第一颗子弹穿过脸颊的时候,子弹并未击中脑部,只是撕裂了软组织。韦布又一次扣动了扳机。第二颗子弹也仅仅是划破了动脉,韦布更可能是在此之后陷入昏迷,最终因流血过多致死。

这几乎算不上是一个专业枪击的痕迹。苏告诉记者,她确定她的前夫是自杀的。"他的这种行为方式,很难让我相信除了自杀之外还有其他可能。"她还解释说,韦布一直以来"因为找不到在另一家大报社的新工作,所以极度心烦意乱"。

苏也接到一个位于旧金山的私人侦探的电话,对方说他被雇用来调查她前夫的死因。他想要一根韦布的头发样本,据他解释,头发毛囊里可能遗留有化学物质痕迹,足以显示韦布是不是被谋杀的。她同意与这个人在太平间见面,但在那里她并不情愿向他提供头发的样本。后来,这位侦探打电话给她,说如果他能筹到钱,苏是否同意验尸。她向对方坦言,她觉得这件事已经结束了。

在韦布追悼会那天,侦探打电话过来,说他已经筹集到6 000美金。他希望征得苏的允许,收走韦布的尸体。"我告诉他为时已晚,尸体火化了",苏说,"但是,无论如何,没有理由验尸。我不知道那根头发样本后来是什么情况,但是我从未接到过电话"。

事情还没有结束。韦布死后将近一年多的时候,安尼塔·兰勒——一家专门讨论阴谋话题的网络电台 Black Op Radio 的主持人——曾发邮件给苏，声称在韦布死前不久，他曾和涉及政府秘密行为的相关证人取得联系。

据她说，政府特工最近谋杀了部分证人及其家属。"加里知道这些人也会杀害他的孩子"，兰勒写道，"如果他写下自杀遗书，他认为这样做就能避免他的孩子死于非命……加里了解各种能想象到的最糟糕的犯罪类型，而且，我推想，他当然可能是自杀，但根据我告诉你的内容，我希望你考虑一下是否存在他被职业杀手杀害的可能性"。

兰勒要求苏搜寻加里的各种记录中任何能证实这些联系的材料。在一封邮件中，兰勒告诉我，他并没有任何证据支撑他的怀疑，但他很确定韦布正在深挖一篇新闻，其中的内容会招来强大的政府力量对其施加威胁。然而，苏和伊恩翻遍了韦布的各种文件，并没有找到任何证据足以暗示他除了为《萨克拉门托新闻评论》撰写稿件外，还写了任何其他的东西。

子弹并非来自于任何暗杀行为，也没有任何必要这样做。是加里·韦布那篇富有争议的、葬送其职业生涯的稿子，外加上美国三家最具实力的大报联合抨击所形成的资源效应,共同结束了韦布的新闻生涯,也为他的自我毁灭铺设了道路。熟知韦布的人无一例外都相信他是死于自杀。尽管他们提出的关于韦布决定自杀的即时动机有所不同,但是他们的观点有一个方面是集中一致的:韦布的抑郁虽然在某种程度上持续了几十年,但只是在他因为"黑暗联盟"系列的巨大争议而被新闻界驱逐出来之后,抑郁才变得危及生命。

那些帮着揭露中情局、尼加拉瓜反政府军和毒品走私三者关系的记者们说,尽管"黑暗联盟"系列不算是一篇完美的新闻佳作,但是,加里·韦布迫使中情局承认它的确保护过尼加拉瓜反政府军那些毒贩免遭官司追究,之后数年还一直隐瞒此事,为此他便值得称赞。他们为韦布仅仅因一篇新闻故事就付出这样惨重的代价而感到哀伤,不论故事多么富有争议性。

"加里的遭遇就是一个美国悲剧,但这个悲剧还没有得到充分认识。"鲍勃·帕瑞说,正是这位美联社记者最初爆出尼加拉瓜反政府军贩卖可卡因的新闻。"主流媒体这次的表现让我吃惊。他们在这件事上尤其缺乏自我批评。媒体以前在类似的小问题上开展过更多的自我批评,但这次却一直没有这么做。"

"如果有一个好编辑,可能当时就会让韦布更改结论",《国家》杂志的大卫·科恩说,"这就会拯救'黑暗联盟'系列,也许还会拯救加里。他现在可能还继续活着。这是篇爆炸性新闻,因为它越线了。可以这么说,假定文章没越线,韦布现在的状况就会好得多。但正因为越线了,那些检察长报告才会随之而来"。

"我不知道他为什么自杀,又或者有什么事情本来能够阻止这种结局",《洛杉矶周刊》的马克·库伯说,"我能说的就是,正是媒体断送了他的职业。很明显,非常令人恶心和郁闷的是,作为一名记者,你唯一拥有的就是你的信誉,一旦信誉破碎,就没有方法再重建和补救了"。

库伯同意科恩的看法,即尽管"黑暗联盟"系列包含严重的失误,但那些抨击该报道的记者们更该受到鄙视。"如果加里·韦布犯了错误,大家指出来,我觉得这没什么问题",他说,"但是,放眼过去五十年的美国新闻史,这是三家主流大报决定一起打压某个业内人士的突出案例,而这位同行的错误,无论以何种标准来衡量,都只是小事一桩"。

法国记者保罗·莫雷拉在 1997 年采访韦布,并且为法国 Canal Plus 电视台的一个调查节目《90 分钟》拍摄了长度为 45 分钟的纪录片,这家电视台也是唯一在电视上播送韦布自杀消息的电台。莫雷拉采访了《华盛顿邮报》的记者沃尔特·平卡斯,专门提及中情局在检察长报告中承认其在整个 20 世纪 80 年代期间都与毒贩保持合作,而媒体在这件事上却鲜有报道。

"这件事比水门事件还要严肃得多。"莫雷拉说,"这个检察长报告恰恰发布在比尔·克林顿和莫妮卡·莱温斯基被爆出丑闻事件期间,所有的媒体舆论都集中在后者,而前者却无人关注。就在那时我发现,原来媒体噪音也是一种新形式的媒体审查"。莫雷拉表示,他的上司并不乐意播送这部纪录片。"他们觉得这对法国人来说太遥远了。事后看来,他们也说对了;节目的收视确实不算太好。(就在这次采访后不久,Canal Plus 电视台取消了这档节目。)"他说,"但我总觉得我做的是一件正确的事情。他(韦布)的作品,他的名字,理应得到更公正的对待。在媒体这个圈子里,没有多少人情愿去冒这样的风险。但韦布做到了"。

《华盛顿邮报》的平卡斯说,韦布最终其实是受他的名声所累,而并不是因为其他的记者们做了什么。"我特别着迷的事情之一,就是看突如其来的恶名对那些从未经历过这种风波的人会有何影响。"他说,"因某篇报道而大出风头,这真的是很危险。有些人会对你竭力奉承拍马,让你觉得你比真实的自己重要得多。在这个城市,这样的事情屡见不鲜"。

平卡斯相信,"黑暗联盟"系列最重要的影响,就是该报道以及在20世纪90年代围绕中情局的其他丑闻——其中包括谋杀了美国居民詹尼弗·哈伯雷身为左翼反叛者的丈夫的危地马拉军官,与中情局有牵连——使得中情局在与伊斯兰恐怖主义的对抗上收敛锋芒,最终促成了奥萨马·本·拉登的"9·11"恐怖袭击。

"这就是胡扯。"杰克·布鲁姆说。他是20世纪80年代克里参议员那个毒品和恐怖主义小组委员会的负责人。"中情局和联邦调查局没能阻止'9·11',是因为没有人听取一线特工的意见。主流媒体同仇敌忾地抨击加里·韦布,与各大媒体对伊拉克战争鲜有批评都是犯了一个毛病。这家伙因为做自己的本职工作而被'虐待'了。即便他是错的,错误也不过在于他的编辑可能并没有和他充分沟通好,或者是没有严谨地审查文章的某些细节。"

格瑞格·沃尔夫觉得,作为他毕生挚友的韦布之所以离去,是因为韦布停止服用抗抑郁药。"这和政治或者他的职业无关,就是他的脑部生理方面的问题。"他说,"他是临床诊断的抑郁症。他在经历一段持续的中年危机,也正是这种状态最终杀害了他"。

当然,沃尔夫觉得"黑暗联盟"系列的确有可能是韦布抑郁的主要原因。"在那之后,他就不仅是位受尊敬的记者,而且成了名人。但是,他们却把这些(声誉)从他身上拿走了,这对韦布来说实在难以承受。他写了他一生中最重大的报道,随后却惨遭放逐。"

"他是一个勇敢的家伙,但是在追求他的事业的路上却显得太过倔强,最终为之付出了代价。"汤姆·洛夫特斯说。他是韦布在《肯塔基邮报》的朋友。"我从未见过任何一个新闻调查项目像'黑暗联盟'系列这样受到如此猛烈的抨击。以前没有,后来也没有再出现过。假若《华盛顿邮报》或《纽约时报》这些报纸利用他们最好的记者去相互审查细究对方的文章,我不知道有多少普利策奖会被撤销。现在,所有与韦布共事的编辑都谋到了更好的工作,而作为记者的他却一命呜呼。"

汤姆·谢菲和韦布在《肯塔基邮报》一起合作写过"煤矿关联"系列文章,他认为韦布在《圣何塞信使报》的编辑们背叛了他。"我觉得,成为一名调查记者,就像是成为一名被训练好的杜宾犬",他说,"而所有这些训练,最终是要使记者变得擅长嗅出猛料、实地调查以及追踪新闻故事。出于某些难以言表的原因,在所有这些本能和才能都深入骨髓之后,绳链却被拉紧了。这就是让杜宾犬和调查记者们抓狂的事情——他们找到特别拿手的东西,却被告知自己不能这么做。加里就是被那些牵住缰绳的人背叛了"。

汤姆·安德热耶夫斯基,就是那个一直把每个电话都说成是"猛料"的波兰裔美国记者,坚持认为任何人声称知道韦布曝光的重大新闻背后的黑暗事件都是不正确的。"文章里的一些地方是真实的",他说,"加里可能已经接近真相了。问题是,即便如此,他也证明不了这一点"。安德热耶夫斯基认为,韦布受到的攻击对他这位朋友来说是"末日的开端"。"这些攻击是一种极其令人震惊的、相当卑劣的反应。"他说。

安尼塔·韦布是在韦布自杀前最后一个和他说话的人,她说她永远都不会原谅那些花费极多的时间和精力去攻击加里·韦布的人。"他们毁掉了我儿子的职业。"她说,"加里是一个诚实的记者,他们却'杀害'了他。我永远都不会原谅这些毁掉我儿子的人"。

甚至在韦布死后,主流媒体对他的攻击仍在继续。

《洛杉矶时报》是八年前所有报纸中对毁掉韦布的新闻事业出力最多的一家；12月12日，该报发布了一份简短的讣告，说韦布关于中情局和毒品的系列文章一直以来均"不可信"。当然，这种声称不可信的消息源就是《洛杉矶时报》本身。讣告的作者尼特·莱利维尔德和史蒂夫·海蒙也仅仅参考了本报对于"黑暗联盟"系列报道的回应。

鲍勃·帕瑞回忆，他最初是从《洛杉矶时报》上得知韦布自杀的，这让他想评论一番。帕瑞告诉记者，美国人都欠韦布一声沉重的感谢，因为韦布揭露了美国历史上最重要又最黑暗的一个章节。"我觉得你可能很难找到合适的语言恰当地写出来，因为光看报纸上的片言碎语，你很难找到唯一而准确的描述，概括出文章到底讲了什么。"

《圣何塞信使报》最终在12月16号的讣文中承认其在韦布悲剧性命运中扮演的角色。"在每一次自杀后，存活者都会觉得内疚。"韦布早年在《圣何塞信使报》的编辑斯科特·何侯德写道，"是否存在某种方式可以让这个结局得以避免？"他说韦布是一个"才华横溢的记者，一个出色的作家，是一个偶尔也不太好相处的人。在很多方面，他都代表了我们最好的新闻'匠心'所在，即有激情、有使命感地直面强权，说出真相。"

何侯德也写道,在韦布的信仰中,有一种"笃信"的精神,"需要一个坚定有力的编辑来挑战他。但韦布一直都没能遇到这样的编辑。'黑暗联盟'系列是个人的失败,在同等程度上也是流程制度上的失败。可惜主要的后果却是由韦布来承担"。据一位《圣何塞信使报》的记者声称,报社删掉了讣文中额外写明的一段:尽管韦布因为"黑暗联盟"系列丢掉了工作,但负责该系列报道的所有编辑之后都获得了晋升。何侯德对此拒绝作出评论。

"是满腔热情造就了韦布,使他成为一个坚持不懈的记者,但在这股热情中却掺杂着一种自我质疑缺失的精神,这也迎合了他自认为不太可能出错的想法。"前《圣何塞信使报》的编辑乔纳森·克里姆说。他不知道,如果韦布在面对批评时,让其他人——比如他的编辑——参与到他的报道中来,这样是否能经受住更严酷的推敲和诘问。"要追究的责任太多了",他总结道,"作为一份报纸,我们失败了"。

道恩·加西亚从"黑暗联盟"风波中全身而退,她的职业未受影响。她于2000年离开《圣何塞信使报》,重新回到她的母校,担任为专业记者设立的奈特新闻学人奖学金项目的副主任。在韦布离开报社之后,加西亚跟他便再无联系。但是据韦布的前同事帕梅拉·克莱默说,就在韦布死前不久,韦布告诉克莱默,对于自己职业上遭遇的一切,他从未怪责加西亚。

和其他处理这个新闻调查项目的编辑不同的是,加西亚意识到了她自己的错误。"如果我可以重新来过一次,我会死守住整个故事,直至每个细节都真正核实到位。我还会对系列报道的几个部分做彻底改动,让文章集中在韦布写的最令人信服的报道上,也会在整篇报道结论的用词上更加谨慎。"加西亚认为,"系列报道的核心内容是正确的,只是加里得出的结论太宽泛了。如果我们能在'我们想到了什么和为什么这样想'上面做更多的解释,我们的报道就会更具说服力"。

但是,加西亚也觉得,"黑暗联盟"系列引发的争议,揭露了一段在很大程度上已经被美国媒体遗漏的极为重要的美国历史。"在这个系列报道发布之后两年,一份中情局检察长报告承认,中情局在支持尼加拉瓜反政府军期间,事实上是在和涉嫌贩毒者合作。"她说,"如果'黑暗联盟'系列没有见报,就不会有中情局的检察长报告出现。我也认为,正因此事,才开启了关于美国对外政策历史一段黑色篇章姗姗来迟的调查。对于政府在毒品走私中到底知道什么,我们提出了重要的质疑,之前媒体对此的报道并不充分"。

当时的执行编辑戴维·亚诺德在对韦布的报道进行编辑的中途便停了手,晋升执行主编,此后又担任报社评论部主编。他于2005年离开《圣何塞信使报》,现在是纽约一家环保组织的主任。接替亚诺德编辑工作的保罗·范·斯兰布鲁克,在成为《基督教科学箴言报》的编辑前,在奈特里德报业集团曾进入管理层。2003年,《基督教科学箴言报》发布了一篇文章,指责英国左翼议员乔治·加洛韦在20世纪90年代接受萨达姆·侯赛因数百万美金资助。后来发现文章参考的是伪造的文档。在向加洛韦发出正式道歉后,范·斯兰布鲁克被从编辑职位辞退,成为该报驻旧金山的通讯记者。

1997年,因为发布关于"黑暗联盟"系列的致歉文章,杰里·塞波斯受到"专业记者新闻工作伦理道德协会"的嘉奖。两年后,他离开《圣何塞信使报》,成为奈特里德集团新闻部的副总裁。2005年8月31日,塞波斯庆祝他新闻从业的最后一天,然后提前退休,赋闲于自家在萨拉托加的葡萄园。

如果加里·韦布还在世,那天他就快要55岁了。两周之后,在韦布生日当天,为了纪念他,他的家人——苏、安妮塔、库尔特、伊恩、埃里克和克莉丝汀——驱车前往圣克鲁斯海湾。滚石乐队的歌曲《你不能总得到你想要的》从手提音响中飘出,他们遵从了韦布的遗愿——让他永远在大海中冲浪。

他们将他的骨灰洒落太平洋波涛汹涌的海浪中,让他在海中永生。

作者致谢

"Kill the Messenger"这个书名和我在 2004 年 12 月替《奥兰治县周刊》为加里·韦布撰写的讣文用的是一个名字。我是从"黑暗联盟"系列报道中知道加里这个人的。就在我发布了一篇他 1996 年刊登于《圣何塞信使报》那一系列文章的跟进报道后不久,韦布给我打电话,感谢我在其报道的基础上继续推进。在接下来的几年,我写了大量关于韦布揭发的毒品集团成员的调查报道;我使用了韦布1998 年出版的《黑暗联盟》一书中的大量材料。(除非另有标明,否则所有引言出处均来自韦布的书。)

我只在韦布 1998 年的新书发布会上见过他一次,但一直在他死前不久还与他保持联系。需要指出的是,1993年,我曾在《国家》杂志华盛顿分社主编大卫·科恩手下实习了三个月,而他这个人正如本书中所展示的,既批评又为韦布的报道辩护。

没有以下这么多人的合作与帮助,尤其是韦布的家人——苏珊、伊恩、库尔特和安妮塔——本书也不可能成书。我还想感谢接受本书采访交流的所有人,包括韦布的朋友、同事、支持者,尤其是他的评论者,因为尽管他们知道本书会严肃评论他们当时在"黑暗联盟"争议风波中的表现,这些人有:汤姆·安德热耶夫斯基、杰里米·比格伍德、杰克·布鲁姆、沃尔特·博格丹尼奇、皮特·凯里、加里·克拉克、亚历山大·科伯恩、马克·库伯、大卫·科恩、迈克·克罗斯比、雷克斯·达文波特、汤姆·德莱斯勒、道恩·加西亚、提姆·戈尔登、李·戈麦斯、斯科特·何侯德、玛莎·哈尼、杰西·卡茨、克里斯·克纳普、皮特·考恩布鲁、帕梅拉·克莱默、乔纳森·克里姆、霍华德·库尔茨、汤姆·洛夫特斯、史蒂夫·勒特纳、乔·麦迪逊、道尔·麦克马纳斯、保罗·莫雷拉、安妮·诺森蒂、鲍勃·帕瑞、沃尔特·平卡斯、伯特·罗宾逊、迈克尔·鲁珀特、亚当·萨坦尼德、汤姆·谢菲、玛丽·安妮·夏基、丹·西蒙、汤姆·萨迪斯、万斯·特林布、三禾·特里、汤姆·沃尔什、里奥·沃林斯基以及格瑞格·沃尔夫。

我要感谢我在《奥兰治县周刊》的编辑威尔·斯威姆,在过去的十年里,不管我作为一名作家还是一名调查记者,他都不遗余力地指导我,在撰写本书的过程中也得到了他的鼓励。杰西·费尼切尔和我的妻子克劳迪娅在阅读本书早期手稿时提供了宝贵的建设性意见，查尔斯·鲍登慷慨地允许我在文中使用他在1998年为《时尚先生》采访韦布的未发表的笔记。

　　我要特别感谢以下人士：感谢加州大学的麦克·戴维斯；感谢欧文，正是他启发我撰写这本书，并帮助我找到出版社；感谢我的编辑露丝·鲍德温和卡尔·布洛姆利，他们相信这个故事，并相信我有能力公正客观地写好。最重要的是，若要追根溯源，《记者之死》这本书应该感谢书中才华横溢的主人公记者，而他却悲剧性地无法读到这本书了。"新闻记者的身份可以变，但信仰不可变。"韦布曾这样告诉我。我只能祈愿他一直未曾让这句话落空。

著作权合同登记号　图字:01-2014-3765
图书在版编目(CIP)数据

记者之死:中央情报局"涉毒"丑闻与一位"普利策奖"得主的人生悲歌/(美)休乌(Schou, N.)著;王新玲译.—北京:北京大学出版社,2015.7
ISBN 978-7-301-26007-4

Ⅰ.①记… Ⅱ.①休… ②王… Ⅲ.①纪实文学—美国—现代 Ⅳ.①I712.55

中国版本图书馆 CIP 数据核字(2015)第 144534 号

KILL THE MESSENGER: How the CIA's Crack-Cocaine Controversy Destroyed Journalist Gary Webb
by Nick Schou and Charles Bowden
Copyright © Nick Schou 2006
Simplified Chinese translation copyright © 2015 by Peking University Press
Published by arrangement with Nation Books, a Member of Perseus Books Group
through Bardon-Chinese Media Agency
ALL RIGHTS RESERVED

书　　名	记者之死:中央情报局"涉毒"丑闻与一位"普利策奖"得主的人生悲歌
著作责任者	〔美〕尼克·休乌　著　王新玲　译
责任编辑	柯　恒
标准书号	ISBN 978-7-301-26007-4
出版发行	北京大学出版社
地　　址	北京市海淀区成府路 205 号　100871
网　　址	http://www.pup.cn　http://www.yandayuanzhao.com
电子信箱	yandayuanzhao@163.com
新浪微博	@北京大学出版社 @北大出版社燕大元照法律图书
电　　话	邮购部 62752015　发行部 62750672　编辑部 62117788
印刷者	北京大学印刷厂
经销者	新华书店
	850 毫米×1168 毫米　32 开本　9 印张　138 千字
	2015 年 7 月第 1 版　2015 年 7 月第 1 次印刷
定　　价	35.00 元

未经许可,不得以任何方式复制或抄袭本书之部分或全部内容。
版权所有,侵权必究
举报电话:010-62752024　电子信箱:fd@pup.pku.edu.cn
图书如有印装质量问题,请与出版部联系,电话:010-62756370